飞花令里 读诗词

风暖鸟声碎

琬如◎编著

四川人民出版社

图书在版编目（CIP）数据

飞花令里读诗词. 风暖鸟声碎 / 琬如编著 . -- 成都：四川人民出版社，2018.10

（图说天下 . 文化中国系列）

ISBN 978-7-220-10962-1

Ⅰ . ①飞… Ⅱ . ①琬… Ⅲ . ①古典诗歌－诗歌欣赏－中国 Ⅳ . ① I207.2

中国版本图书馆 CIP 数据核字 (2018) 第 205646 号

飞花令里读诗词

风暖鸟声碎

琬如　编著

责任编辑	任学敏　陈　欣
封面设计	蒋碧君
版式设计	刘晓东
责任印制	李　剑

出版发行	四川人民出版社（成都市槐树街2号）
网　　址	http://www.scpph.com
E-mail	scrmcbs@sina.com
新浪微博	@四川人民出版社
微信公众号	四川人民出版社
发行部业务电话	（028）86259624 86259453
防盗版举报电话	（028）86259624
照　　排	日知图书
印　　刷	艺堂印刷（天津）有限公司
成品尺寸	170mm×240mm
印　　张	14
字　　数	205千字
版　　次	2018年10月第1版
印　　次	2018年10月第1次印刷
书　　号	ISBN 978-7-220-10962-1
定　　价	35.80元

2016 年 2 月，由中央电视台倾力打造的大型文化类演播室益智竞赛节目——《中国诗词大会》受到了社会各界的广泛关注，这档以"赏中华诗词、寻文化基因、品生活之美"为主旨的节目在引爆收视狂潮的同时唤醒了普罗大众对于古典诗词的记忆与热爱，而其中别出心裁的"飞花令"环节更是给观众留下了深刻的印象。所谓"飞花令"本是中国古人喝酒时用来罚酒助兴的一种酒令，"飞花"一词出自唐代诗人韩翃《寒食》诗中的"春城无处不飞花"一句。飞花令是"行酒令"，属雅令。行飞花令时首选诗和词，也可用曲，但选择的句子一般不超过 7 个字。一般而言，行令时，诗句不仅必须含有相对应的关键字，而且对该关键字出现在诗词中的位置同样有着严格的要求。

飞花令源自古人的诗词之趣、诗词之美，美在情感之真纯，亦美在表达之深刻。无论时代如何更迭，流传千古的经典诗词依然是中国传统文化中最为灿烂的一抹亮色，它以其真实的表达与动人的遐思，在历史的长河中缤纷闪耀，熠熠生辉，影响着一代又一代的中国人。故此，我们策划编辑了《图说天下·文化中国：飞花令里读诗词》这套丛书。

本套丛书共分为 4 册，每册均以诗词作为载体，从诗歌的源起——《诗经》《楚辞》，到唐宋诗词、明清佳句，精心遴选了 150 余位诗人的近 500 首经典诗词，依循古代飞花令的行令规则以及现代人的阅读习惯，选取诗词中经常出现的风、花、雪、月、暖、柳、晴、是、鸟、遇、松、故等几十个常见字进行编排，每一首诗词后均配有相应的注释与优美的文字赏析，并辅以精心设计的花絮版块和插图，带领读者在诗香词海之间开启一场唯美动人的诗词文化之旅。

岁月浩浩，历史悠悠，古典诗词作为中国传统文化中不可忽视的一部分，既是中华文明在语言文字上的浓缩精华，更是几千年来中国人精神风貌的展示。那些性灵的飞扬，生命的忧思，历史的感喟，都潜藏在一篇篇优美的诗词之中。就让我们一起走进诗词，一同感受中国传统文化的博大精深与独特魅力吧！

目录

3

目录

登高

唐 · 杜甫

风急天高猿啸哀①，渚清沙白鸟飞回②。

无边落木萧萧下③，不尽长江滚滚来。

万里悲秋常作客④，百年多病独登台。

艰难苦恨繁霜鬓⑤，潦倒新停浊酒杯⑥。

注释

①啸哀：指猿凄厉的叫声。②渚：水中沙洲。回：回旋。③萧萧：指草木凋落时的声音。④万里：形容故乡遥远。常作客：指漂泊在外。⑤艰难：自身命运多舛，也指国运不济。苦恨：指极其遗憾。繁霜鬓：鬓边新添不少白发。繁，作动词，增多。⑥潦倒：失意，衰颓。新停：刚停止。杜甫晚年戒酒，故说"新停"。

赏析

唐代宗大历二年（767）秋，杜甫身在夔州，时年五十六岁，贫病交加，处境凄惨。他独自登上夔州白帝城外的高台，登高远眺，深秋时节，万物凋敝，清冷肃杀，这令诗人不禁想起自身颠沛流离的窘困处境，心有所感，遂作这首《登高》。

起首一句"风急天高猿啸哀，渚清沙白鸟飞回"立足于夔州地理环境——多猿，且风大。时值清秋时节，此地秋风猎猎。诗人登高远眺，峡中猿声四起，凄厉而悠长。滔滔江水中，白色的沙渚上，鸟儿低旋徘徊，上下翻飞，好一幅秋景图。而这一联中，"风急天高"对"渚清沙白"，"猿啸哀"对"鸟飞回"，对仗工整，音韵和谐，读来极富节奏感。

颔联"无边落木萧萧下，不尽长江滚滚来"，诗人紧紧抓住夔州秋天的代表性特征——茫无边际、萧萧而下的落木，滚滚而来、奔流不息的江水。其中，"无边""不尽"既表现出了意境的宏阔深远，也使"萧萧""滚滚"活了起来，富有动感，愈加形象，此外更暗含了诗人对时光易逝、壮志难酬的悲怆感慨之情。

颈联"万里悲秋常作客，百年多病独登台"，诗人点出一个"秋"字，由秋景联想到自己常年客居他乡、漂泊在外的处境，"万里"指自己距离故乡非常遥远，"常作客"暗指自己漂泊不定、居无定所的不堪履历。故而"悲秋"二字道出了诗人心底无比沉重的悲痛，秋天的凄清、肃杀，不禁令诗人想到自己年老体衰，贫病交加，仍然客居他乡，所以生出无限悲愁。"百年"二字既是在感叹自己多病缠身的困境，又是在感叹人生百年的不易。而"万里""百年"又与"无边""不尽"相照应，将诗人的羁旅之愁和客居颠沛之苦表现得淋漓尽致，如无尽的落叶，如滔滔不绝的江水，绵绵无绝。恰逢清秋，情景交融，诗人客居他乡、多病缠身，其情之悲切，诗意之深沉，可见一斑。

尾联"艰难苦恨繁霜鬓，潦倒新停浊酒杯"，颠沛浮沉的身世，贫病窘困的处境，加上国难家愁，使得诗人平添些许白发。因病断酒，心中悲愁更是无以排遣。诗人本想趁秋色登高望远，一抒胸中郁闷，奈何触景生情，惹恨添悲，使得诗人忧国伤时的情怀跃然纸上。

这首诗整体而言对仗工整，音韵和谐优美，情感真挚而深沉，颇有感染力。

西江月·夜行黄沙道中①

南宋·辛弃疾

明月别枝惊鹊，清风半夜鸣蝉。稻花香里说丰年，听取蛙声一片。

七八个星天外，两三点雨山前。旧时茅店社林边②，路转溪桥忽见。

注释

①西江月：唐教坊曲名，后用作词牌名。调名取自李白《苏台览古》"只今唯有西江月，曾照吴王宫里人"。黄沙道：指的是从江西省上饶县黄沙岭乡黄沙村的茅店到大屋村的黄沙岭之间约二十千米的乡村道路，南宋时是一条直通上饶古城的比较繁华的官道，东到上饶，西通江西省铅山县。②茅店：茅草盖的乡村客店。社林：土地庙附近的树林。社，土地神庙。古时，村有社树，为祀神处，故曰社林。

赏析

题目中的"夜行"乃是题眼，整首词都是围绕夜行展开。夜行黄沙道，移步换景，天晴转雨，空间与时间并行。

起首一句，清凉辽阔之意扑面而来，颇有王国维所说的"无我之境"的意味。明月在天，鹊惊而飞，空余细柯轻颤，这一句的组合意象很有些"月明星稀，乌鹊南飞。绕树三匝，何枝可依"的感觉，但全然不同于孟德嗟叹唏嘘的语气，而是疏朗开阔、心旷神怡的，同时也奠定了全篇轻快的基调。天心月圆，别枝鹊惊，清风徐过，蝉声起伏，以声衬静，更显词人的悠闲自在。词人夜行黄沙道，路过漠漠水田，稻香扑鼻。将稻田与丰年相连，词人在匆匆行路途中不忘百姓社稷。《红楼梦》中的"稻香村"与此处的"稻花香"异曲同工，有文学相承互通之趣。余光中在《等你，在雨中》中写道："蝉声沉落，蛙声升起。"金漏移，夜渐深，时间流逝之感呼之欲出。

下阕承袭上阕淡泊的格调。疏星寥落，阵雨轻点，无不与上阕恬静清幽的乡土气息相呼应。抬首望天，遥远阔大，低头看路，茅店溪桥若隐若现，仿佛镜头切换，由远景到近景。"旧时"一词点出这条路对词人而言是一条熟路。"忽见"足见词人惊喜。《桃花源记》中所载："缘溪行，忘路之远近。"如同武陵人行舟于落英缤纷、芳草鲜美的小溪中，词人也因为这乡野清景而"忘路之远近"，不知茅店将至。

辛弃疾在词史上以豪放著称，但此词不像他那些豪放词扬声高歌、壮怀激烈，也不似后人常诟病的典故堆砌，艰涩难懂，而是朴实淡雅的，恰如洗尽铅云明月现，别有滋味在心头。

南乡子·登京口北固亭有怀①

南宋·辛弃疾

何处望神州②？满眼风光北固楼。千古兴亡多少事？悠悠③。不尽长江滚滚流。

年少万兜鍪④，坐断东南战未休⑤。天下英雄谁敌手⑥？曹刘⑦。生子当如孙仲谋⑧。

注释

①京口：今江苏省镇江市。北固亭：在今镇江市北固山上，下临长江，三面环水。②神州：这里指中原地区。③悠悠：形容漫长、久远。④兜鍪：原指古代作战时兵士所带的头盔，这里代指士兵。⑤坐断：坐镇，占据，割据。东南：指吴国在三国时地处东南方。休：停止。⑥敌手：能力相当的对手。⑦曹刘：指曹操与刘备。⑧生子当如孙仲谋：曹操率领大军南下，见孙权的军队雄壮威武，喟然而叹："生子当如孙仲谋，刘景升儿子若豚犬耳。"

赏析

辛弃疾在此词中三问三答。开首一问尽显宏大气魄——这是关于空间的一问：何处望神州？四海八荒，顿时尽收于"满眼风光"北固楼，收于词人眺望的眼眸，猎猎高楼之风鼓动词人衣袖。南宋朝廷苟安江南，已是不争的事实，"山河破碎风飘絮"，其中滋味又怎可轻易道出？许浑在《咸阳城东楼》中感叹："一上高城万里愁。"目之所及都是风光，也是接连万里的家国之愁。

第二问依旧气势不减——这是关于时间的一问：千古兴亡多少事？春秋万代，斜晖悠悠。"滚滚长江东逝水，浪花淘尽英雄"，天地蜉蝣，沧海一粟，折戟沉沙中，多少曾经叱咤风云、振臂呐喊的英雄如今已是鬓边生白发，泉下泥销骨。逝者如斯，只有长江之水，奔涌向东，永不停歇。

纵有千古，横有八荒，词人对无限的时空发出那样惊心动魄的两问后，将目光投向了那个雄踞一方的霸主孙权。不似"天地如逆旅，我亦是行人"，也不似"叹年来踪迹，何事苦淹留"，而是"年少万兜鍪，坐断东南战未休"。英雄年少，还未曾悲白发，也未曾思归家。西征黄祖，北拒曹操，雄踞一方，鼎立三国。同是居于江东，孙权文韬武略，征南战北，而南宋朝廷却只能龟缩不前，偏安一隅，怎不让心忧国事、一心收复故土的词人悲愤郁悒？

最后一问是极尽辛辣讽刺的一问：天下英雄谁敌手？词人自问自答，将曹刘二人当作孙权的配角，最后石破天惊地点出"孙仲谋"这三个字，层层递进，恍如揭开厚密帷幕，让历史风云深处的英雄显出身形。这里引用了《三国志·吴书·吴主传》注引《吴历》中曹操一语："生子当如孙仲谋，刘景升儿子若豚犬耳！"后面那句也是词人的痛斥——朝廷中那些奴颜婢膝，觍颜事仇的懦夫，岂不是与豚犬无异？可谓掷地有声，痛快淋漓。

"把吴钩看了，栏杆拍遍"，春秋代序，日月不淹，谁又曾想到滚滚历史的车轮碾过，一心复我河山的词人会在病榻上高呼三声"过河"而卒？蒙古铁蹄践过，南宋将倾华厦最终还是化作烟尘，如天明之雾般散去。

无论如何，辛弃疾振臂呐喊的身影会镌刻在丹青史册中，永不褪色。

渔家傲·天接云涛连晓雾

南宋·李清照

　　天接云涛连晓雾，星河欲转千帆舞①。仿佛梦魂归帝所②。闻天语③，殷勤问我归何处④。

　　我报路长嗟日暮⑤，学诗谩有惊人句⑥。九万里风鹏正举⑦。风休住，蓬舟吹取三山去⑧。

注释

　　①星河：银河。②帝所：天帝居住的地方。③天语：天帝的话语。④殷勤：关心地。⑤嗟：慨叹。⑥谩有：空有。⑦九万里：《庄子·逍遥游》中说大鹏乘风飞上九万里高空。鹏：古代神话传说中的大鸟。⑧蓬舟：像蓬蒿被风吹转的船。古人以蓬根被风吹飞，喻飞动。吹取：吹得。三山：《史记·封禅书》记载，渤海中有蓬莱、方丈、瀛洲三座仙山，相传为仙人所居住，可以望见，但乘船前往，临近时就被风吹开，终无人能到。

赏析

　　根据《金石录后序》所载，词人曾在宋高宗建炎四年（1130）春乘船出海航行。汪洋大海，一望无垠，虽有险恶风涛，却也有碧波千里，壮美辽阔之意难以语人。这段过往虽然已成回忆，但词人依然恋恋不忘，甚至在梦中也追忆着那乘风破浪的日子。可词人并未拘束于那一方小小的海洋，而是用梦魂将星空与大海相连接，肆意飞扬，如做了一次太清的逍遥游。

　　上阕首句连用几个阔大的意象——天、云涛、晓雾、星河、千帆，塑造出朦胧瑰丽的背景。而"接""连"展现出天渺云翻，雾帷广垂的景色，而星河欲转则是营造出眩晕般的幻象，云帆驶过，仿佛溅起星光万千。"梦魂"二字乃是全词关键所在，词人梦见自己恍惚间仿佛飘上天国，听到了天帝殷切温和的问话："归何处？"

　　下阕紧接上阕的问话，词人回答说路途漫漫，日月不淹——正是化用了《离骚》中"路漫漫其修远兮，吾将上下而求索"，一个内美而修能的词人形象跃然纸上。岁月荏苒，时不我待，词人轻叹自己学诗徒然有惊人之语。好似谦虚，实则自矜。"语不惊人死不休"，词人对自己的文思才情乃是充分自信的。"九万里风鹏正举"，《逍遥游》中"水击三千里，抟扶摇而上九万里"的大鹏起于北冥，适于南冥，这般豪情壮志、遄飞逸兴也曾在李白诗中见过——"大鹏一日同风起，扶摇直上九万里"。"风之积也不厚，则其负大翼也无力"，所以词人响遏行云地呼喊"风休住"，这不仅是负大鹏之翼的风，也是吹动蓬舟的风。"蓬"极言"舟"之轻，轻舟乘风，只向三山而去，恍如驶入传说。

这首小词雄奇恢宏的气势，在词史上也难得一见，足见李清照心中万千丘壑。

江村即事①

唐·司空曙

钓罢归来不系船②，江村月落正堪眠③。
纵然一夜风吹去④，只在芦花浅水边。

注释

①即事：因事为题作诗。②系：系好。这里援引《庄子》中"巧者劳而智者忧，无能者无所求，饱食而遨游，泛若不系之舟"。③正堪眠：正是睡觉的好时候。④纵然：即使。

赏析

司空曙，字文明，一字文初，位列"大历十才子"之中，擅长五言律诗，诗歌多描写自然景色和乡情旅思，有《司空文明诗集》。

本诗别出心裁，以小见大。乍看只是浅言辄语讲述生活琐事：打鱼归来入夜渐微凉，渔夫在船舷上沉眠，不顾及钓船的绳索是否已经系上，以此真挚朴素的农家小事展现了岁月安稳，风光静美的和谐生活图景，别出心裁。

全诗所用衬托意象极少，首句写渔翁夜钓归来，懒得系船，让渔船随波逐流。"不系船"可谓神来之笔，表现出渔家人的憨然淳朴，生活得悠然闲逸，这三个字也是诗眼，后面三句皆由此而生。第二句上承首句，说明了"钓罢归来"的时间、地点，以及渔翁此刻的行动和心情。宁静的江村，月落，正是睡觉的好时候，渔翁已经十分困倦，所以懒得系船。第三句紧跟其后解释渔人为何如此泰然自若：就算起了长风，风把小船吹到了布满芦花的水边，也没有关系。"纵然"一词使渔人无忧无虑、不拘小节的乐观形象呼之欲出，让诗中人物的形象特色更加深刻，展现出诗人练达的遣词功力。如此美丽、闲适的田园乡景，无须铺陈也不假辞藻，就这样浅显直白地示人以质朴，令人不得不为这淳然所打动。

这首诗名为《江村即事》，实际上却体现的是诗人不受世俗羁绊的老庄思想。

江南逢李龟年①

唐·杜甫

岐王宅里寻常见②，崔九堂前几度闻③。
正是江南好风景，落花时节又逢君④。

注释

①李龟年：唐朝开元、天宝年间的著名乐师，受唐玄宗宠爱而红极一时。"安史之乱"后，李龟年流落江南，靠卖艺为生。②岐王：唐玄宗李隆基之

弟，名范，以好学爱才闻名，善音律。③崔九：崔涤，因在兄弟中排行第九而得名。唐玄宗时任殿中监，并得唐玄宗宠信。④落花时节：暮春三月。这里包含的寓意很多，既指人衰老，也指社会丧乱凋敝。

赏析

这首七言绝句作于唐大历五年（770）安史之乱发生之后，是诗人杜甫在江南与李龟年相逢之后有感而写。此诗看似平淡，却蕴含深刻，诗意深沉凝重，透露出友人离散、时局衰败的悲戚感。

前两句"岐王宅里寻常见，崔九堂前几度闻"写往昔之时诗人与李龟年的交往。李龟年是唐玄宗时期名满天下的乐师，只有名门贵族才有机会听到他精妙绝伦的演奏，因而，李龟年经常出入于豪门王府之间。而杜甫当时正值"开口咏凤凰"的年纪，正是意气风发、生气勃勃之时。当时的王公贵族普遍喜好文艺，杜甫才华横溢，可谓名噪一时，自然也是经常出入于王侯府邸之间，与上层名流来往。在杜甫眼里，他与李龟年这样的文艺人物自然代表着大唐盛世最光鲜亮丽的一面。

却看如今，那些赏识他们的王公贵族们早已不知去向，那盛世美妙的歌舞声乐随风飘散，只剩得两个孤苦无依的文艺者流落江南。诗人追忆过去在岐王的府邸或是崔九的宅院中都曾与李龟年有过接触，有幸听到李龟年演奏的绝妙歌曲。如今在此相逢，回顾往昔，自是感慨颇多。"岐王宅里""崔九堂前"都是开元盛世时的文人聚居地，雅趣非常。

诗人与李龟年俱是有才华的人，被豪门贵族赏识也在情理之中。当年情景是多么令人美慕，一派祥和。"寻常""几度"二词，写出诗人与李龟年接触之多，足见诗人对李龟年的欣赏。此二句通过对往昔场景的再现，表达出诗人对唐王朝盛世光景的留恋。

后两句"正是江南好风景，落花时节又逢君"有感而发，无限悲凉。诗人感慨，此时的江南风景大好，在这暮春三月里又遇到了君。这两句交代了诗歌写作的时间地点，并点题做结。在古典诗歌的意象里，"江南"意味着一种柔和、美好的想象，但此刻的"江南"，却成了接纳飘零之人的他乡。

诗人与李龟年交情甚好，"他乡遇故知"本是人间幸事，但在这时局动荡之时，两个却"同是天涯沦落人"。"安史之乱"后流落江南的两人，也只能做短暂的互相安慰，眼前的"江南好风景"也无心观赏。

"落花时节"指出了两人相遇时是暮春之时，但此语蕴含了多种意味：一则诗人与李龟年均已到了人生的"暮年"，二则国运衰败，唐王朝的命运也处在衰败之中。暮春的季节，人生的晚年，家国的衰败，都蕴藏在"落花时节"中，这种晚景的凄凉和摇摆不定给人的心灵以极大的冲击，两位老人互相安慰，同发感慨，苍凉世事的图景显现出来。"正是"与"又"两词转意巧妙，凸显诗人高超的写作技巧。

结合全诗来看，这首诗的对比、反衬手法使用颇妙。前两句与后两句形成今昔对比，第三句与第四句又形成了强烈对比，不尽之意就蕴含其中。开元盛世时的美好图景与当前二人的流落相对比，巨大的反差显示出"安史之乱"前后人物命运的大起大落，动乱时局对人的戕害可想而知。三、四句乐景衬哀情，以"江南好风景"来反衬诗人与李龟年的凄凉相逢，于无言之中表现出强烈的悲情。美好的风景又待何人欣赏呢？

短短四句，涵盖了唐王朝几十年的历史，也囊括了诗人与李龟年近乎一生的命运。诗人将其对人生的思考、对家国的忧虑都写进了这首绝句，盛年不再，盛世亦不再，唯有两位飘零的老人，在"江南"相逢、慨叹。

江畔独步寻花七绝句·其五①

唐·杜甫

黄师塔前江水东②，春光懒困倚微风③。
桃花一簇开无主④，可爱深红爱浅红⑤？

注释

①又名"江畔独步寻花"，共七首，本诗是其中第五首，描摹了黄师塔前的妖娆桃花。②黄师塔：和尚所葬之塔。陆游《老学庵笔记》："予在成都，偶以事至犀浦，过松林甚茂，问驭卒：'此何处？'答曰：'师塔也。'盖谓僧所葬之塔。于是乃悟杜诗'黄师塔前江水东'之句。"③懒困：疲倦困怠。④无主：自生自灭，无人照管和玩赏。⑤爱：一作"映"，一作"与"。

赏析

包括本诗在内的《江畔独步寻花七绝句》七首诗，都作于杜甫定居成都草堂之后。诗人饱经安史之乱的流离之苦后来到四川成都，在成都西郊浣花溪畔建成草堂，且作为安身之处。而无论是"浣花溪水水西头，主人为卜林塘幽"的清幽环境，还是"但有故人供禄米，微躯此外更何求"的安逸生活，都让诗人心生宁静安详之感，因而正值春暖花开之际，诗人移步赏景，作此组诗，以笔墨带领我们穿过千年的风云，来到那时的成都，好景共赏。

首句高塔江水，即交代诗人所在的方位：春日明丽，诗人踱步来到黄师塔前，入目即是壮丽的风景。黄师塔于江边高耸，春日的江水缓缓向东流去，在微暖的空气中蒸腾出水汽的清新味道。塔为静，水为动；塔为纵，江为横，此一纵一横、一动一静，在诗人寥寥数笔勾勒之间，变成了一幅似是而非的几何图景：说是，塔在诗人的笔下让人感觉如刀削般直立而线条流畅；说非，江水的缓缓流动又给这塔带来了一丝生动活泼的意味，让画面顿觉多了些许的鲜活与生动。

　　紧接着，诗人将关注点由视觉所见转移到了身体所感：春光怡人，携着温暖空气扑面而来的春日微风令人沉醉，不觉想要且倚微风，放松自己的神经，在微醺的春风中慵慵懒懒。此一"倚"字非常绝妙，诗人与春光本是相互独立，春光自盛，而诗人怡然赏春，但一个"倚"字，却将春光中不可或缺的春风与诗人融合在了一起，让诗人走进了春日的艳丽图景之中，构成了完整的画面，同时为诗人寓情于景，表达对于春日美景的热爱、对于生命中美好的渴求提供了便利。

　　下句中，诗人于春风中抬眼望去，一簇粉润的桃花盛放于眼前，却无人照看，任其自生自灭，唯有寂寞相随，令诗人不禁心有所伤。但随即又被眼前的美景吸引了，"可爱深红爱浅红"，两个"爱"字，两个"红"字，足可见景之盛，人之乐。最后用一反问句作结，将审美的对象由己推于人，大有邀天下之友共赏美景的架势，极具兴味，令人回味无穷。

　　除却美景，本诗的情感表现也复杂细腻，值得推敲。全诗在表达对于赏花的喜悦、对于美好事物热爱的同时，掺杂了细碎的感伤的情绪予以中和，才调制出这样一首短小精悍却余味无穷的诗歌。

题临安邸①

南宋·林升

山外青山楼外楼，西湖歌舞几时休？
暖风熏得游人醉②，直把杭州作汴州③。

注释

①临安：位于今浙江省杭州市，北宋的首都汴京被金人攻占后，南宋统治者逃到南方，在临安建都。②熏：吹，用于形容暖风。③汴州：即汴京，今河南省开封市。

赏析

这首七绝的作者为南宋淳熙时士人林升，原本是写在南宋皇都临安一家旅舍的墙壁上，疑为无题诗，后人为其加上题目，才有了这首《题临安邸》。这首诗以乐景写哀景，意蕴深沉，表达了作者的激愤之情。

1126年，金人攻占了北宋的首都汴京，俘获了宋徽宗和宋钦宗。赵构逃往临安，并在临安即位，史称南宋。这个小朝廷并没有痛定思痛，吸取教训，反而对外投降，对内迫害爱国英雄岳飞等人。此外，当权者还大肆修建太庙和明堂，巨商富贾也以修建宅第为乐，生活腐朽糜烂，把杭州当成了安乐窝。针对这一黑暗现实，诗人写下了这首诗，将心中的义愤一吐为快，也表达了对国家和民族的忧思。

诗的前两句从临安城的特征入手：层峦叠嶂，楼台鳞次栉比，歌舞升平。在这样美好的环境下，拥有的却是一种虚假繁荣，因为大好河山已经落入了金人手里。一个"休"字表达了作者的心痛，更表达了对当权者纸醉金迷、偏安一隅的愤慨。他觉得，"西湖歌舞"将抗金的斗志消耗殆尽，希望这样的歌舞可以早日"休"掉。

第三句"暖风熏得游人醉"，此中的"暖风"一语双关，除了指自然界的风，还指社会上的淫靡之风。"游人"指的也不是一般游客，而是只顾寻欢作乐、忘记国仇家恨的当权者。而"熏"和"醉"二字，更是生动地刻画出了那些沉迷于靡靡之音的游人们贪图安逸、不思进取的嘴脸。末句"直把杭州作汴州"怒斥这些当权者已经忘记了亡国之痛，不顾国计民生，一味享乐，表达了对国家和民族命运的深切忧虑。

这首诗以乐景写哀景，通过热闹的场面来描写亡国的悲哀，是一首绝佳的讽喻诗。

春宫怨

唐·杜荀鹤

早被婵娟误①，欲妆临镜慵。

承恩不在貌，教妾若为容。

风暖鸟声碎，日高花影重。

年年越溪女，相忆采芙蓉②。

注释

①婵娟：形态美好。②采芙蓉：芙蓉，指荷花。古诗云："涉江采芙蓉，兰泽多芳草。"

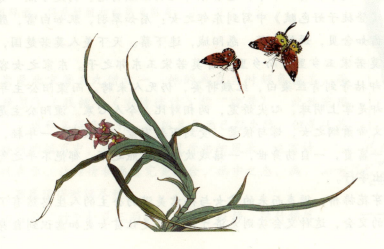

赏析

宫怨诗，历来都充满凄冷萧瑟之气，其景多在凄风冷雨的深秋时节。而杜荀鹤独具慧眼，另辟蹊径，把春景与宫女之怨结合在一起，推陈出新，别有意味。

"早被婵娟误"，"婵娟"指代女子青春靓丽的容颜，由此可见，这位宫女必定是因为容颜姣好，而被选入宫中。而一个"误"字却生动地传递出宫女内心无限的懊悔，原来入宫并不是什么好玩的事，恰恰相反，整日与孤寂为伴，并无人问津。故而"欲妆临镜慵"，女为悦己者容，既无"悦己者"，便也懒得妆容。为何会这样呢？"承恩不在貌"，得到帝王的恩宠并不因容貌，而需钩心斗角、邀宠献媚地去"争取"。既如此，"教妾若为容"，我打扮还有何用？一句反问，透露出宫女深深的怨恨。点到即止，诗人笔锋一转，将目光引向眼前春景。春风柔和而温暖，鸟声稀碎，日到中天而花影才最浓重，这似乎与宫女怨愤的心境不搭，殊不知，这大好春光正反衬出宫女的怨愤，衬托出其内心的无聊寂寞。

"年年越溪女，相忆采芙蓉"，"越溪女"指西施，这里借指宫女思念故乡。宫中孤寂无聊的生活，令其不由怀念往日泛舟采芙蓉的逍遥自在，其怨愤之情越发浓重。

揣摩整首诗的诗意，不难看出，诗人以宫女自况，宫女之间的钩心斗角、邀宠献媚，正好比文人官宦之间的明争暗斗、尔虞我诈，宦海沉浮、朝夕起落，倒不如在民间生活来得逍遥自在。而宫女的被冷落，亦是暗指当朝对政治人才的戕害。

15

几枝艳丽的桃花在向人们报告春天的到来，叶绿桃红，色彩鲜明，这短短的一句却透露出许多细节：竹林稀疏，时间是早春，虽然只开了"三两枝"桃花，但是春天的气息已经扑面而来。

第二句从江中写到江岸，鸭子在碧波上嬉戏。"鸭先知"说明此时江水还十分寒凉，所有别的动物还没有感觉到春天的来临，恰好与第一句的"三两枝"相呼应。这一句化用了杜牧"蒲根水暖雁初浴，梅径香寒蜂未知"和孟郊"何物最先知？虚庭草争出"。苏轼在前人诗句的基础上，凝练成了这一佳句，既表现出他对生活的细致观察，也说明了一个哲理：任何事情都要亲身体验才能获得真实的感受。其与唐人的佳句"花间觅路鸟先知"有异曲同工之妙。

第三句依然是描写早春，江岸上生满了蒌蒿，芦苇也生出了嫩芽，呈现出勃勃生机。虽然只有短短七字，却形象地描绘出了两种植物的情态，惹人怜爱。在《渔洋诗话》中，清代王士禛称赞这一句"非但风韵之妙……亦如梅圣俞之'春洲生荻芽，春岸飞杨花'，无一字泛设也"。

第四句同样是描绘早春之景，"河豚欲上"巧妙地抓住了河豚只在春江水暖的时候才溯流而上的特性，再次突出了"春"字。这个情景是画面上没有的，完全出自诗人的联想，但是诗人却用想象得出的虚境补充了实境，将画面勾勒得更加完美，丰富了诗和画的意境。

这首诗巧妙地抓住了季节转换时的景物特征，让早春时的景色跃然纸上，极富诗情画意。

生查子·青丝结晓鬓^①

南宋·周紫芝

青丝结晓鬓，临镜心情懒。知为晓愁浓，画得双蛾浅。
柳困玉楼空，花落红窗暖。相对语春愁，只有春闺燕。

注释

①生查子：原为唐教坊曲名，后用为词牌名。

赏析

寒门多高士，坎坷造良材，周少隐幼年家贫，生活困顿，但却年少才高，聪明颖悟，绍兴中即登进士第，只可惜，生逢离乱之世，历经社稷巨变，半生皆颠沛，由是，他的诗词中难免都带几许惆怅。《生查子·青丝结晓鬘》也不例外。

词起笔清丽，以"心情懒"为中心，着意刻画了一幅佳人晨起懒梳妆、青丝半偏堕的画面。满头乌发轻轻绾了个鬘髻，佳人坐在镜前，却全无梳妆打扮的兴致。为什么呢？是心有郁结？还是没有那个能为之"容"的"悦己者"？原来都不是，而是因为"晓愁浓"，因为这愁绪如此浓重，以至于佳人只是浅浅地画了眉，便再不愿抬手。此处，"浓"与"浅"的鲜明对比，更衬托出愁绪之深。而"画蛾眉"之举，常为男女闺中之乐，由是，浅画双蛾之举，明是在照应前文的"心情懒"，暗里，却又有思念檀郎的幽怨之意。

下阕，词人笔锋微转，不再摹人，转而绘景，柳绕玉楼，花落红窗，残春将逝，景纵丽，情也伤，"困"与"落"之连缀，"柳"与"花"之相对，窥见了，便更觉惆怅。由是，那对"红窗"、处"玉楼"的人儿情不自禁地发出了"相对语春愁，只有春闺燕"的慨叹。"春愁"是诗眼，重在一个愁字，"相对"指的既是窗外的花与柳，亦是闺中的人与燕。燕子是候鸟，随季迁徙，总成双成对，既象征春光的美好，亦象征爱情的美好，是以，古人常以燕来寄惜春之意、表相思之情。少隐笔下的"春闺燕"一语双关，叹春愁的同时，亦暗含离愁与相思，抒情巧妙，韵致天成，倒也颇为不凡。

苦昼短

唐·李贺

飞光飞光①，劝尔一杯酒。

吾不识青天高，黄地厚②。

唯见月寒日暖，来煎人寿③。

食熊则肥④，食蛙则瘦⑤。

神君何在⑥？太一安有⑦？

天东有若木⑧，下置衔烛龙。

吾将斩龙足，嚼龙肉，使之朝不得回，夜不得伏。

自然老者不死，少者不哭。

何为服黄金、吞白玉？

谁似任公子⑨，云中骑碧驴？

刘彻茂陵多滞骨，嬴政梓棺费鲍鱼。

注释

①飞光：飞逝的光阴。②青天高，黄地厚：语出《易·坤》："夫玄黄者，天地之杂也，天玄而地黄。"③煎：消磨。④熊：古时熊掌和熊白（熊脊背上的脂肪）都是富贵人家才能吃到的食物。⑤蛙：指穷人吃的粗陋的食物。⑥神君：汉代有一个长陵女子，死后被称为神君。汉武帝患病时，曾经向她祈求能够长生。⑦太一：天帝的别名。⑧若木：神话传说中的一种树。⑨任公子：传说中骑着毛驴升天的仙人，事迹不详。

赏析

　　李贺是唐代人，家居河南福昌（今洛阳宜阳县）昌谷，后世称其李昌谷，有"诗鬼"之称，与"诗仙"李白、"诗圣"杜甫、"诗佛"王维齐名。这首诗作于元和年间，当时在位的是唐宪宗李纯，他想要追求长生不老，甚至任命方士做官。在他的带动下，朝堂上下一片乌烟瘴气，李贺因此写这首诗来讽喻这件事。

这首诗可以分为三部分，分别反映了作者思想的一个侧面。将这三个侧面合起来，才是他对问题的完整看法。

在诗的一开头，诗人就对时光说"劝尔一杯酒"，因为时光飞逝，人生苦短。虽然"吾不识青天高，黄地厚"，不懂得天地间很多深奥的道理，但是"唯见月寒日暖，来煎人寿"，岁月如流，人还来不及做点事情，就快要走到生命的尽头了。这里以"吾不识"与"唯见"相配合，既照应了题目，又为后面的展开做了铺垫。而"煎"字则深刻地体现了眼看时光流逝却一事无成的痛苦。人活于世，要吃五谷杂粮，都要经历生老病死。世人早就开始关注人生和死亡，而诗人由于屡遭坎坷，对这个问题想得更为深入。"神君何在？太一安有"通过一个反问句，诗人对这个问题进行了解答。

在第二部分中，诗人借助神话传说，并进行了改造和设想，表达了对生命的美好愿望。在神话传说中，若木位于西北海外大荒山之中，衔烛龙也在天西北，而诗人在诗中却将这二者改为位于天之东，并设想可以"斩龙足，嚼龙肉"，于是太阳不再运行，昼夜也停止更替，时间由此凝滞，生命也得以永存。这是一个充满浪漫色彩的幻想，让现实中的缺憾得以满足。

在第三部分中，诗人讽刺了那些妄图获得长生的人有多么愚昧无知。道教中认为"服黄金，吞白玉"可以成仙，其结果是很多人因此丧命。就连"云中骑碧驴"的任公子，也只存在于传说中。然而，却偏偏有很多人看不透这一点，反而热衷于追求长生，汉武帝和秦始皇都是如此。汉武帝遍访神仙，然而死后墓中"多滞骨"；秦始皇则死在了巡游途中，"费鲍鱼"都无法掩盖其尸臭。

整首诗没有华丽的辞藻，也没有刻意描绘景致，但语言犀利，发人深省。

玉楼春·池塘水绿春微暖

北宋·欧阳修

池塘水绿春微暖。记得玉真初见面①。从头歌韵响铮钹②，入破舞腰红乱旋③。

玉钩帘下香阶畔。醉后不知红日晚。当时共我赏花人④，点检如今无一半。

注释

①玉真：作者爱慕的女子的名字。②铮钹：玉器撞击声，形容乐曲声铿锵有力，悦耳动听。③入破：唐、宋大曲在结构上分成三段，分别是散序、中序、破，入破就是破的第一遍。红旋乱：大曲在中序时节奏较为缓慢，入破后节奏加快，舞者的步伐也会加快，所以称为"红旋乱"。红旋，即旋转飞舞的红裙。④共我赏花人：和作者一起观看玉真歌舞的人。

赏析

欧阳修既是政治家，又是文学家。作为政治家，他一生宦海沉浮，三遭贬谪，可谓仕途坎坷。作为文学家，他一生著述颇丰，曾在被贬滁州时写下了"醉翁之意不在酒也"，还跻身"唐宋八大家"之一，更与韩愈、柳宗元和苏轼合称"千古文章四大家"。这首《玉楼春》虽然不是他的传世名篇，却也值得细细品味。

这首小词非常简单，上阕主要追忆了昔日的繁华，下阕感叹如今老朋友们纷纷离世，一种无奈之情跃然纸上，让人感叹"流光容易把人抛"。

上阕先描写了实景：池塘里的水在春风的吹拂下泛起碧波，春风里裹挟着春天温暖的气息。在那次的宴席上，"我"第一次见到了玉真姑娘，歌声悦耳，轻舞飞扬，真是让人沉醉其中，就连读者都忍不住向往这种欢快和从容。

下阕依然描写实景：玉钩挂起的珠帘下，香气迷人的台阶旁，"我"喝醉了，连太阳要落山都忘记了。到这里，似乎还是一派祥和的景象，然而最后两句话锋一转，"当时共我赏花人，点检如今无一半"，当时和"我"一起在宴席上观看玉真的歌舞、把酒言欢的人，如今活着的已经不足一半。朋友们纷纷离世，说明"我"也是老迈不堪。在生命即将走到尽头的时候，回首往昔，美人在侧，挚友相伴，美酒飘香，这些都已经成为历史。

"盛年不重来，一日难再晨"，过去的时光永远不会回来，逝去的故友也不会再活过来，陪伴在"我"身旁。思及这些，难免让人感觉前景黯然。

欧阳修破格取材

北宋仁宗嘉祐二年（1057），文坛领袖欧阳修主持省试，所出题目为"刑赏忠厚之至论"，意思是用刑要尽量忠厚。阅卷时，他发现了一篇文采飞扬、气势恢宏的考卷，他不禁感叹自己文坛领袖的位置恐怕要让出来了。然而，考卷中提到一个典故：执法官皋陶要判一个犯人死罪，却连续三次遭到尧帝的否决。欧阳修实在不知道这个典故出自哪里，可他转念一想：既然能写出这样优秀的文章，其人必定有些能耐。于是，便决定录取他。而这位考生，就是后来名传千古的大文豪苏轼。后来，欧阳修有一次问起苏轼那个典故的出处，苏轼觉得没必要隐瞒他，就告诉他那是自己杜撰的。欧阳修听后哈哈大笑，感叹自己差点就因为一念之差而埋没了一位大才。

题宣州开元寺水阁阁下宛溪夹溪居人①

唐·杜牧

六朝文物草连空②，天淡云闲今古同③。

鸟去鸟来山色里，人歌人哭水声中④。

深秋帘幕千家雨，落日楼台一笛风。

惆怅无因见范蠡⑤，参差烟树五湖东⑥。

注 释

　　①宣州：位于今安徽宣城，杜牧写这首诗的时候任宣州团练判官一职。开元寺：东晋时建造，原名永安寺，唐朝开元年间改名开元寺。水阁：开元寺中建于宛溪边的楼阁。宛溪：位于宣州城东，又名东溪。夹溪居人：住在宛溪两岸的许多人家。②六朝：指吴、东晋、宋、齐、梁、陈六个朝代。文物：指礼乐典章。③淡：恬静。闲：悠闲。④人歌人哭：指的是人生的喜庆吊丧，也就是人的生死。语出《礼记·檀弓下》："歌于斯，哭于斯，聚国族于斯。"这里指代宛溪两岸的人家世代生活于此。⑤范蠡：春秋时期政治家，越国大夫，辅佐越王勾践灭吴，后来退隐江湖，改名陶朱公，经商致富。⑥五湖：指太湖及其相属的滆湖、洮湖、射湖、贵湖，这里用来指代太湖。

赏析

登临览景，尤其是哀悼六朝繁华的诗，很容易让人联想到王安石的《桂枝香·金陵怀古》。不过细细读来，二者的感慨虽然都是从六朝旧事而起，但其蕴含的情感却截然不同。

首联就开始借助联想，营造了一种哀伤的情调：六朝的繁华，早已淹没在历史的尘埃里。放眼望去，碧草连天，那天高云淡的景象似乎古已如此。诗人之所以发出这种感慨，并不全是登临的缘故。时隔八年之后，诗人再次来到宣州，难免会生出人世变易之感。

颔联主要进行了景色描写：鸟儿在山色的掩映下飞去了又飞回，宛溪两岸的人们"人歌人哭"，随着水声流逝在岁月中。看起来这两句写的是眼前的景象，但是又和"古"相通。自古而今都有鸟儿飞去飞回，都有人们在岸边"人歌人哭"。这些景象并非作者初见，只是登临时情感喷薄而出，才会如此写。

颈联描述了两个令人难忘的场景：深秋时节密密麻麻交织的细雨，如同给千家万户挂上了雨帘；暮光掩映着的楼台，笛声伴着风声。虽然这两个场景并非同时发生的，却是在同一个地方出现的。也许在岁月的长河中，这片天地向来都是这样的吧。这两句完美地完成了和"六朝文物草连空"的呼应，更让人不禁心生"物是人非事事休"的感慨。

诗人感慨过后，对范蠡的怀念油然而生。范蠡在协助勾践灭吴之后，归隐于五湖，与青山绿水秀丽风景做伴，令人羡慕。一边是已经埋入历史尘埃的六朝文物，一边是风光秀丽的五湖，作者面对这样鲜明的对比，再思及自己仕途不顺，既表达了对范蠡的缅怀，又表现了对官场的厌恶，还表达了无法像范蠡那样泛舟五湖的惆怅。

宿业师山房待丁大不至^①

唐·孟浩然

夕阳度西岭，群壑倏已暝^②。

松月生夜凉，风泉满清听。

樵人归欲尽，烟鸟栖初定^③。

之子期宿来，孤琴候萝径^④。

注释

①业师：名叫业的僧人。山房：山中屋舍，这里指僧房。②暝：昏暗的样子。③烟鸟：暮烟中的归鸟。④萝径：萝藤蔓布的小路。

赏析

　　孟浩然的诗别致淡雅，清新可爱，尤其在关于山川景物和怀念友人的作品中，这个特征非常明显。这首诗的背景是孟浩然夜宿业师房中等候友人丁大，可惜友人并没有来，在景物清寂的环境中，诗人感到闲适的同时又生出一些怅然的心绪，但他并没有放弃等待，没有抱怨友人的失约，仍有很好的心情抱琴相候。

　　诗的首句描写的是夕阳下山，群壑昏暗的黄昏景象，山中的黄昏，既照应了业师山房，同时也与"宿"字紧密相扣，行文之际，不漏一丝。除了扣题之外，诗人也为下文的写景做好了铺垫。松月送凉，风传泉响，在山房之中，这些东西格外让人陶醉，任何烦恼都在这目之所视、耳之所闻中被荡涤干净。紧接着，诗人将目光投向"樵人""烟鸟"，樵人已经归尽，烟鸟大部分都安栖了，这时应该是夜深人静，但诗人的友人仍然未来，用"樵人"的归和"烟鸟"的栖来反衬友人未来，同时也引出了下文。"之子期宿来"，充满了对友人的真挚期待，其中没有一丝怨恨，然而在这良宵美景之中，如何才能将这一期待进行下去呢？诗人选择了萝径抱琴这一清雅的举动，将自己那种恬淡舒适的心情表现得十分到位，全诗始终让人感到惬意舒畅，没有丝毫的烟火气息。

秋野五首·其二

唐·杜甫

易识浮生理^①，难教一物违^②。

水深鱼极乐，林茂鸟知归。

吾老甘贫病，荣华有是非。

秋风吹几杖，不厌此山薇^③。

注释

①浮生：人生。②违：违背。③薇：一种野菜。

赏析

　　杜甫一生颠沛流离，忧国忧民却生不逢时，壮志萦胸却展怀无地，是以，其诗多反映民生疾苦、社会动荡，诗风沉郁，抑扬顿挫。细读杜诗，纵横捭阖，自见一股苍茫之气；缘情体物，工妙中早有三分浑然——大家风范，不外如是。

　　《秋野五首》是杜甫作的一组五言律诗，共五首，本诗为第二首。全诗结构谨严，遣词工丽，意境清新，比兴托物，融情于景，极言山野之妙趣，个中归隐之意不言自明。

　　诗首联"易识浮生理，难教一物违"言之有物，提笔蕴藉，总领全诗，为后文做垫。世间之"生理"易识易知，且无谁可违背，万物不可违，诗人自然也难违。

　　那这难违之"理"是什么理呢？颔联中，诗人笔锋顺扬，以鱼鸟为例，详细对这"理"做了阐述。"水深鱼极乐，林茂鸟知归"，鱼游深水，不畏重深，自得其乐；鸟翔高天，眷眷茂林，仍自知归。鱼鸟如是，人又何如？

　　颈、尾二联，诗人由物及人，一笔宕开，以"甘贫病""不厌"直抒了退居归隐之意。我已年迈，宁愿贫病交加，也不愿再沉浮于那是非不断的名禄荣华之中。秋风瑟瑟，芒杖声声，山中青翠的薇菜自不令人厌烦。这里的"不厌"语极工致，从意义上来说，是在呼应颔联的"水深鱼极乐，林茂鸟知归"；从因果上来说，则是对"荣华有是非"的一种延展。

另外，"不厌"是不讨厌之意，其中包含的喜乐之情其实极淡。细追诗人平生便知，即便是垂垂将终之时，他心忧的仍是社稷；纵便一生仕途坎坷，他也从未想过罢官归隐而去。所以，这里，诗人虽表达了对山水的向往，也生了归隐山林之心，但其实，他还是纠结矛盾的，"甘贫病"之"甘"从不是甘之如饴，而是一种不得不甘的无奈。其中，多多少少总蕴含着一丝报国无门的愤懑。读者若细细品之，当能领略一二。

渡湘江

唐·杜审言

迟日园林悲昔游①，今春花鸟作边愁②。
独怜京国人南窜③，不似湘江水北流。

注释

①迟日：春日。悲昔游：作者被放逐时，经过了曾经游览过的地方，感到十分悲伤。②边愁：因为流放到边远地区而产生的哀愁。③京国：指长安。

赏析

文章歌四友，朴素说审言，作为初唐"近体诗"的奠基人，杜审言之诗既整饬工严、一丝不苟，又朴素浑成、风味天然，结皆作对，自见清韵，为世人所赞。

岁月辗转催人，杜审言平生诗作虽不算少，但大多都已散佚，存世的并不多，《渡湘江》是其中较为经典的一首。

　　此诗是诗人被贬烽州途中所作，通篇多对比和反衬，围绕一"愁"字展开，语虽不多，却极精致，三衬四对，更见功底。

　　诗首句"迟日园林悲昔游"落笔于"悲"，借追忆昔年春日游园时游目骋怀、看尽芳菲之欢乐衬今日被贬出京、流徙烽州之悲愁，流畅自然，更见真情。

　　次句"今春花鸟作边愁"顺承首句，缘情写景，以"今"对"昔"，以"园林"照"花鸟"，丽景哀情，更显"边愁"之深、之重。春日迟迟，鸟语花香，本是极明媚的一幕，然而在伤心人的眼中，这一切的一切，所托都不过是诗人一腔悲愁。

　　及至第三句，诗人笔锋微微一转，以"独怜京国人南窜"由景及人，点明了自身的处境及悲愁的原因。诗人本在"京国"，仕途平畅，却遭贬谪，不得不离家别友、狼狈"南窜"，从此前途渺茫、不知所终，内心之凄迷、彷徨、哀怨、悲愁自可想而知。事实上，"独怜"一句原就是本诗的中心，承上启下。无论是首句的忆昔游之悲，次句的观花鸟而愁，还是末句的水北流之殇，全都是因"南窜"而起，亦是为"南窜"而发。不过，这一句却并未应题，真正与诗题《渡湘江》相呼应的，其实是末句。

　　末句"不似湘江水北流"，"水北流"与"人南窜"互对，以衬夺情，加重了悲愁；"不似"两字，既点明了客观的事实，水非向南，而是北逝，亦暗含了诗人心中难言的无奈与歆羡之情。湘江之水，能自由地流向京城所在的北方，而一心眷念京城的诗人，却只能远离京城、一路向南，此中悲慨，自是一言难喻。

望岳

唐·杜甫

岱宗夫如何①，齐鲁青未了②。

造化钟神秀，阴阳割昏晓。

荡胸生曾云，决眦入归鸟③。

会当凌绝顶④，一览众山小。

注释

①岱宗：泰山别名岱山，因居五岳之首，故尊为岱宗。②齐鲁：春秋时期，齐国在泰山之北，鲁国在泰山之南。这里泛指山东一带地区。③决眦：形容极力张大眼睛远望，眼角像要决裂开了。眦，眼角。④会当：一定要。

赏析

杜甫在青年时期踌躇满志，东游齐鲁之地，为东岳泰山的巍峨而震撼，难抑心中的浪漫激情，遂有这首流传千古的《望岳》。

起首一句"岱宗夫如何"，"岱宗"即指泰山，"夫"是语气助词。诗人开门见山，叩问一声"东岳泰山到底如何呢"，不拘一格，颇有气势。"齐鲁青未了"，泰山以北为齐地，以南为鲁地，不管身在齐还是鲁，都能望见泰山青绿色的身躯，其高大雄伟不言而喻，如在眼前。

"造化钟神秀"，天地间造化之力竟是如此的有情致，把所有的神奇秀丽都给予了泰山。"阴阳割昏晓"，泰山之高，遮天蔽日，以至山南山北日照不同，如分阴阳。这本是很平常的自然现象，但诗人以一个"割"字，传达出泰山雄踞一方，如有主宰之力，读来不禁有种望而生畏之感。

"荡胸生曾云，决眦入归鸟"，领略了泰山的雄伟壮阔之后，诗人转而从细处来体会她的秀丽。远远望去，只见山中云气升腾，氤氲弥漫，令诗人心胸亦为之荡漾。"入归鸟"，归鸟回巢，可见已是薄暮时分，诗人还在仰望泰山，领略她的神奇，以至有"决眦"之感，眼眶仿佛否要迸裂，从侧面反映出诗人对泰山神奇的深深的敬仰之情。

最后，诗人忽然生发"会当凌绝顶，一览众山小"的念头，这股豪迈之情自心底迸发，直冲云霄。他要登上巍峨的泰山，亲身体验群山伏于脚下的感觉。青年时期的诗人意气风发，心怀抱负。时值开元年间，这巍巍泰山亦是暗喻这气象万千的盛世大唐，诗人期望有朝一日能登堂入庙，一展胸中才华。

诗名为《望岳》，句句写望岳，但通篇没有一个"望"字，却能带给人一种身临其境之感，巍巍泰山，如在眼前，足见杜甫构思之精奇，艺术手法之高妙，不负"语不惊人死不休"之名。

秋兴八首·其七

唐·杜甫

昆明池水汉时功①，武帝旌旗在眼中②。
织女机丝虚夜月③，石鲸鳞甲动秋风④。
波漂菰米沉云黑，露冷莲房坠粉红。
关塞极天惟鸟道⑤，江湖满地一渔翁⑥。

注释

①昆明池：由汉武帝建造，遗址位于今西安市西南斗门镇一带。②武帝：汉武帝，也指代唐玄宗。唐玄宗曾在昆明池演习水兵，以便攻打南诏。③织女：指昆明池西岸的织女石像，俗称石婆。④石鲸：昆明池中的石刻鲸鱼。⑤关塞：这里指夔州山川。⑥江湖满地：在江湖上到处漂泊。渔翁：诗人自称。

赏析

  《秋兴八首》是唐大历元年（766）秋天，杜甫身处夔州时作的一组七言律诗，一共八首。广德元年（763），长达八年的安史之乱终于结束了，但是百姓们并没有过上盼望已久的平静生活。吐蕃、回纥却乘虚而入，藩镇也拥兵割据，整个国家动荡不安。恰在此时，严武去世，杜甫在成都又失去了依傍，只好沿江东下，到了夔州。面对自己贫病无依，故交好友散落天涯的现状，诗人内心十分郁闷。在这个寂寥的秋天，诗人目睹秋风萧瑟，满目疮痍，心有所感，故名"秋兴"。

  首联先从"昆明池水""石鲸鳞甲"入手，联想到盛唐的辉煌，当时有多繁华呢？"武帝旌旗""织女机丝"这些字眼都会让人产生美好的联想，诗人此处却用其来衬托寂寞和荒凉，看起来很不协调，出乎意料，却又在情理之中。用盛景来描写荒凉，如同用"笑"写悲，因为用得恰到好处，所以显得思想感情尤为深刻。

  颈联描写了两个景象："菰米沉黑"和"莲房坠红"，看似简单的描述，却让乱离无人之状跃然纸上，与首联的繁华形成了鲜明的对比，更添一丝惆怅。

  尾联中诗人说自己流落江湖，无依无靠，理想中"想像飞鸟一样在秦中的天空自由翱翔"，现实却是"我困在冷江上默默地垂钓"。这样悬殊的对比，让人产生极大的心理落差，对诗人心中的失落和愤懑感同身受。理想之美好，现实之残酷，令人扼腕叹息。

寒食汜上作①

唐·王维

广武城边逢暮春②，汶阳归客泪沾巾③。
落花寂寂啼山鸟，杨柳青青渡水人。

注释

①汜：指汜水，流经广武城。②广武：古城名，原址位于现在的河南荥阳东北广武山上。③汶阳：在汶水，即如今的大汶河北面。

赏析

王维，字摩诘，唐代山水田园派著名诗人，与孟浩然齐名，向佛、向诗，亦向画，尝以禅理、画理入诗。其诗或怀人，或状物，或绘景，或咏史，清婉明媚、淡雅恬静、澄澹精致，自成一格。以《山居秋暝》《渭城曲》《相思》等诗作闻名，有《王右丞集》传世。

昔日，摩诘以状元及第，才动京城，却因伶人舞黄狮见罪于天子，被贬济州司仓参军，离京赴任，一去四年，《寒食汜上作》便是其任满归京途经广武城时有感而作。

诗开首平白浅近，直言归途情景，广武古城，春色萦怀，汶水汤汤，扁舟一叶，有归客伫立船头，望暮春之景，情不自禁，以泪沾巾。"归客"为何落泪？是为"逢暮春"？是为入广武？还是因正遇寒食，心生怅惘？诗人不曾言，所以，这里的"泪沾巾"的举动就显得尤为突兀，但若联系三四句，这种突兀便又显得理所当然。因为，这本就是一句倒装，答案在其后。

三、四两句，诗人移情入景，借景抒情，在阐明缘何泪落的同时，亦抒发了胸中无尽的寂寥之情。"落花寂寂啼山鸟"，是以动衬静，以山鸟之啼鸣衬落花之寂静，营造一种孤清的氛围，而且，春残花方落，"落花"与"暮春"本就是相互应和之意象。暮春花落，归人难免伤怀，若此时，"渡水人"又见"杨柳青"，思及昔日别离，想到未定之前途，寂而落泪，自也理所当然。

末句"杨柳青青渡水人"，杨柳本就是离愁的象征，杨柳青青之景纵美，但在伤心人眼中，却也只是乐景哀情，徒增悲伤寂寥罢了。

菩萨蛮·哀筝一弄湘江曲^①

北宋·晏几道

哀筝一弄湘江曲^②，声声写尽湘波绿。纤指十三弦^③，细将幽恨传。

当筵秋水慢^④，玉柱斜飞雁^⑤。弹到断肠时，春山眉黛低^⑥。

注释

①菩萨蛮：又名《子夜歌》《重叠金》，入"中吕宫"。据《杜阳杂编》载："大中初，女蛮国贡……其国人危髻金冠，璎珞被体，号'菩萨蛮'。当时倡优遂制《菩萨蛮曲》，文士亦往往声其词。"双调44字。②湘江曲：古取名，为纪念舜之妃娥皇、女英所作，二人死后，为湘水之神，故取名"湘江"。③十三弦：古筝共有十三弦，分别代表一年12个月及闰月。④秋水：喻指眼睛。白居易诗："双眸剪秋水。"⑤玉柱斜飞雁：筝柱斜列如飞雁。⑥春山：古时一种眉毛样式。

赏析

晏几道早年风流倜傥，每词成，必授歌女演唱，此词即是为家中歌女所作，写弹筝之事，而其意在筝亦在人，从词中既可见歌女之技巧，又可见其风情。

"哀筝一弄湘江曲，声声写尽湘波绿"，上阕首二句先写弹奏，弹奏的曲子是关于湘妃的极为哀怨的《湘江曲》，筝音本哀，而所弹之曲亦哀，由此可见弹筝者的心情。那一声声哀曲，写尽了湘水的一片寒碧，"绿"是冷色调，恰能衬出人心理上的感受，而"写"字则将筝声表现得更为动人。"纤指十三弦，细将幽恨传"，借筝声将这种悲恨表达了出来，并且与词人产生了共鸣，感情是极丰富且细腻的。

上阕借筝音来表现弹奏者的心情，下阕则侧重在弹奏者的情态上。"当筵秋水慢，玉柱斜飞雁"，在欢筵之间，她那秋水般的明眸，反而显得有些迟钝，可见她是何等专注。而"玉柱"一句看似写筝，实际上表达的是弹奏者那无穷的悲恨。"弹到断肠时，春山眉黛低"，曲调愈低沉哀婉，愈能使人断肠。同时，弹奏者也敛眉垂目，一种凄切悲凉的情绪布满面庞，可以想见她的怨恨是多么深重。

此词在行文之中，无论是刻画上还是叙述上，毫不呆滞，笔势如流水行云，回荡飘忽，情感的表达相当深沉蕴藉，是以黄蓼园评价说："写筝耶？寄托耶？意致却极凄婉。末句意浓而韵远，妙在能蕴藉。"

月夜

唐·刘方平

更深月色半人家①，北斗阑干南斗斜②。
今夜偏知春气暖③，虫声新透绿窗纱④。

注释

①更深：夜深了。月色半人家：月光只照到人家的一半，另一半隐在黑暗中。②阑干：指横斜的样子。③偏知：才知道，表示出乎意料。④新透：第一次穿透。新，初。

赏析

历数唐诗写春、写月的佳作不计其数，大多或直接描写春日之美好，大地回春，生机勃发；或赞美月亮之皎洁，遥寄诚挚之情思。这些诗作中，流传后世的名句也比比皆是，各有千秋。而唯独刘方平这首《月夜》，在写景的手法、视角和构思上，有别于其他诗作，独辟蹊径，推陈出新，读来令人眼前一新。

这首七言绝句格调清新典雅，诗人深夜赏月，却意外探知春天的气息，颇具新意。写月、写春均不落俗套，创造出静谧美好的月夜春色氛围。

前两句"更深月色半人家，北斗阑干南斗斜"直接开篇点题，对月光下的景色进行具体的描写。夜深之时，诗人乘兴来到房外，月色倾斜着洒落在农舍的房顶上，一半被银色的月光照亮，一半又隐藏在暗夜之中。北斗七星和南斗六星的位置随着夜的深入也发生了倾斜，这灿烂的夜空也变幻着。"更深"一词开篇定调，交代了夜的深，正因为夜深，才会有月色、北斗、南斗的倾斜。诗人深夜未眠，或许是有赏月的兴致，抑或是心中烦闷不得眠，个中因由，不得而知。但诗人对于深夜之景的把握是独特的，"月色半人家"即是明证，房舍半明半暗，界限分明，不显闪亮又不会阴沉，使得读者对于月色的想象更具有艺术美感。以广阔的夜空作为背景，明月斜照，月光洒落在房舍之上，营造出深夜安宁的氛围。

后两句"今夜偏知春气暖，虫声新透绿窗纱"是诗人生命体验的具体化，自然之中淡淡的春意袭来。诗人在赏月之时，觉微风习习，有些许暖意，回到屋中又听到那久违的虫子叫声穿过纱窗，原来春天将要来了。暖风，虫声，诗人提取春天这两个典型意象来描摹春天的气息，将其具象化。身体对于暖风的感知，耳畔响起经过窗纱过滤后的虫声，对诗人来说是一件多么令人欣喜的事情呀。诗人居住在乡村之中，细心感受这自然的变化，才会有这精妙的生命体会。一个"新"字，是新声，是新意，是新生。意味着一个万象更新的春天即将来临。虫声虽小，在这静谧的深夜，亦是悦耳动听；一个"透"字，表现出春天蓬勃的生命力；一个"绿"字，正是诗人对春意盎然的自然的想象。

唐诗佳作千万篇，大多写春景、月色的，都是站在明媚的景色之上，以景做垫，进而抒发感情。这首《月夜》反其道而行之，诗人写春天，偏偏选择一个宁静无声的春夜，月光明朗，偶尔传来一丝丝虫鸣之声。诗人把生机勃发、山明水秀的大好春色隐匿在一片夜色中，从一只小小的虫子身上，感受春的气息，以小见大，一虫鸣而天下知春，意趣十足，令读者感同身受，大有"于无声处听惊雷"的绝妙之趣。

纵观全诗，诗人对于季节变化的敏感令人佩服。诗人以月为题，却以春意来造诗意，月色自然成了诗歌的底色。诗人以一颗澄明的心灵来感悟自然，于"虫声"之中心物相逢，意境清新出奇，描摹出一个静谧而富有生机的自然乡村。

乡村四月

南宋·翁卷

绿遍山原白满川，
子规声里雨如烟①。
乡村四月闲人少，
才了蚕桑又插田②。

注释

①子规：指杜鹃。②了：结束。

赏析

终南宋一朝，词传千古者几多，诗开锦绣者却少，位列"永嘉四灵"的翁续谷或许不是南宋最卓绝不凡的诗人，但他真切浑朴、野逸恬淡的诗歌却的确是那烽火连天的岁月里最灼灼的一抹亮色。

翁续谷工诗，擅七绝，更擅五律，多咏景状物之作，《乡村四月》便是其中最具代表性的一首。全诗格调清丽，意境简远，笔触细腻，色彩明快，有色有声，节奏流畅，隽美中自有一股淳厚的风情扑面，细细读来，颇可赞叹。

诗开首两句，以白描的笔法着意描写了江南乡间，四月初夏时节的清丽景致。

"绿遍山原白满川"是从视觉的角度描摹江南之初夏：山陵原野、茂木青苗、灿灿然一片浓绿；河渠溪流、纵横交错、水波粼粼、映日生辉。山与川相映，绿与白互佐，色彩明艳，生动蓬勃。

"子规声里雨如烟"则是从听觉的角度写乡间四月之景：蒙蒙如烟的细雨中，山婀娜，水独秀，远远近近的枝叶间，间或有杜鹃鸟的鸣啼轻轻响起。此情此景，本已绝美，再和以首句之满目浓绿、茫茫银白，有色有声，韵律天然，寥寥几笔，便把江南四月的秀与清描绘得淋漓尽致。

三、四两句，诗人由景及人，落笔情切，用不浓烈却最质朴的语言对四月乡间忙于农事的人做了勾勒。四月里，正是农忙时节，家家户户无闲暇，不是养蚕种桑，就是灌水插秧，欢欢喜喜，热热闹闹，那般情景，总令人忍不住心生向往。

且句中原是在写农忙，却不着一个"忙"字，反委婉解之以"闲人少"，意虽同，但"闲人少"却别蕴了几分恬静与悠容，与前句所营造的秀丽景致更加相谐。另外，末句"才了"与"又"的动作递进在表述"忙"与"忙得欢快"这方面也颇为传神，若细细咂摸，倒不难领略其中三昧。

乌牙寺①

唐·李白

夜宿乌牙寺，举手扪星辰②。

不敢高声语，恐惊天上人。

注释

①乌牙寺：乌牙山又名南乌崖，山上有寺名为峰顶寺，又名灵峰寺，是圆证祖师的说法道场。②扪：按，摸。

赏析

太白一生十分高产，存世诗文千余篇，有很多人们耳熟能详的瑰丽之作。他的诗大多以抒情为主，既有表达对人们的同情的，又有表达对权贵的蔑视的，风格多变。他非常擅长从神话传说和民间文艺中汲取营养，是继屈原之后最具个性特色、最伟大的浪漫主义诗人。

这是李白夜宿乌牙寺时写的一首五言绝句。北宋王得臣在《麈史》中载："南丰曾阜（字）子山，尝宰蕲之黄梅，数十里有乌牙山甚高，而上有僧舍，堂宇宏壮，梁间见小诗曰李太白也。'夜宿乌牙寺，举手扪星辰。不敢高声语，恐惊天上人。布衣李白。'"这首诗采用了夸张和想象的手法，表现出乌牙寺所在的山峰之高。

这首诗的意思非常简单，就是夜间住在乌牙寺内，一举手，就能摸到天上的星星。不敢大声说话，唯恐说话声会惊动天上的人。但是它的巧妙之处就在于，说的是峰高，却不直接描写峰的高度，只说"举手扪星辰"，一举手就可以摸到星星，自然能够想象它有多高。不敢大声说话，唯恐惊动天上的人们，说明乌牙寺离天很近，依然可以想象出峰的高度。不具体描述，只留给人们想象的空间，才是其妙处之所在。

李白还写有一首《夜宿山寺》，原文是："危楼高百尺，手可摘星辰。不敢高声语，恐惊天上人。"诗的后面两句与此诗后两句完全相同，也许是同一首诗的不同抄本。

子夜吴歌四首选二①

唐·李白

秋歌

长安一片月，万户捣衣声。

秋风吹不尽，总是玉关情。

何日平胡虏，良人罢远征。

冬歌

明朝驿使发，一夜絮征袍②。

素手抽针冷，那堪把剪刀。

裁缝寄远道，几日到临洮？

注释

①子夜吴歌：乐府诗题，又称"子夜歌"，属乐府吴声曲词。《唐书·乐志》载："子夜歌者，晋曲也。晋有女子名子夜，造此声，声过哀苦。"②絮：装丝绵的意思。

赏析

《子夜吴歌》向来以四句为体，其内容多以女子思念情人的哀怨为主，每首六句则是李白的创造，是对《子夜吴歌》的一种演化。《子夜吴歌》要求造语轻松流利，音节和谐，用韵上则平仄不限。

李白的《子夜吴歌》，其中《春歌》和《夏歌》是以罗敷与西施为主题，最为人称道的是《秋歌》和《冬歌》。

《秋歌》在写作手法上采用先景后情，情景之间，绵绵不绝，望月怀人，本属常事；秋月之下，制秋衣，月明如水，砧声入耳；秋风乍起，良人远征，一层层将思妇的情感推进；见景不见人，而人物已然存在。最后以"何日平胡虏，良人罢远征"做结，荡气回肠，出人意表，又如四弦乍止，余音未绝。王船山评此诗道："前四句是天壤间生成好句，被太白拾得。"

《冬歌》则全用叙事，不掺杂一丝景语，通过女子夜絮征袍，表现出她对丈夫的思念；拈针把剪，地冻天寒，人物心情焦急，情态宛然，一波未平，一波又起，起则突兀森然，结则意远情深。二歌语言自然流利，音韵清远，情景委婉，得力于民歌之处，彼此无别，因而《诗薮》称之为"意愈浅愈深，词愈近愈远，篇不可句摘，句不可字求"。

早雁

唐·杜牧

金河秋半虏弦开①，云外惊飞四散哀。
仙掌月明孤影过②，长门灯暗数声来③。
须知胡骑纷纷在，岂逐春风一一回？
莫厌潇湘少人处④，水多菰米岸莓苔⑤。

注释

①金河：位于今内蒙古自治区呼和浩特市南，这里指的是北方边地。虏弦开：这里有两层意思，一是挽弓射猎，二是回鹘出兵骚扰。②仙掌：长安建章宫内的铜铸仙人手掌上举，托着承露盘。③长门：汉宫名，汉武帝的皇后陈阿娇失宠时曾居住于长门宫。据传，陈皇后的母亲馆陶公主重金聘司马相如为陈皇后作了一篇哀怨动人的《长门赋》。④潇湘：指今湖南中部、南部一带。⑤菰米：菰是多年生宿根水生草本植物，菰结出的种子就是菰米。莓苔：一种蔷薇科植物。菰米和莓苔都是雁的食物。

赏析

会昌二年（842）八月，回鹘可汗率军南侵大唐边疆，边关染血，边民离散，时任黄州刺史的杜樊川闻而惊心，遂作此诗以表忧切之心。

诗是典型的咏物诗，咏的是秋雁。全诗构思巧妙，意境深婉，遣词清丽，风格细腻，虽不见樊川一贯之豪爽宕拓，但曲折含蓄、细腻蕴藉，琅琅于口，可谓别开生面。

首联，诗人落笔不凡，以平实凄婉的笔墨描绘出一幅"边塞惊雁"之图。仲秋时节，天高云淡，群雁悠然翔于穹苍，却突然被胡骑弯弓袭射，顿时哀鸣四散。"秋半""云边"绘景，点明环境；"惊"既表现了雁被袭射的惶恐惊惧，也暗蕴几分对边境突遭变故的惊讶与意外。

"四散"是"虏弦开"的后果，"哀"则是"惊"的延续。"云外惊飞四散哀"寥寥七字，既描摹出雁受惊之后的动作，又描述了其受惊后的情态，层次分明，浑然一气，简练凝切，只此一句，便足见樊川功底之深厚。

颔联，上承首联，以离群孤雁为着眼点，写了雁影掠皇城、凄鸣动长安的景象。"孤影过"侧重形单影只，是从视觉出发表达悲戚。"数声来"则着眼于声，以哀啼来表凄凉。而月明、灯暗、仙掌、长门等意象亦为雁之影孤啼哀营造了一个清寥孤寂的背景，两相映衬，悲凉之意更增。

颈联，诗人思绪一转，由实及虚，不再言惊散之雁，而是遥想来年雁的北归，为他们流离失所、有家难回的处境而担忧。"须知""岂逐"语切情深，暗蕴同情与关怀无限。尾联，诗人以雁之流离现状，深情劝慰，谆谆嘱托，你们先在"潇湘"之地安顿下来吧，别嫌弃这里地广人稀，这里有菰米、莓苔，足以充饥。

尾联，"莫厌"二字用得极妙，既语含慰藉，又颇含体贴，既担心惊飞四散之雁不习惯潇湘水土，又饱含了一种深切的无奈与劝慰之意，纵不习惯，且先住下吧，起码这里还有食物。语短意挚，体贴之情，遂溢于言表。

当然，古人咏物，其意多不在物象本身，而是别有所寄，樊川这首《早雁》亦是如此，诗中看似句句都在写雁，但真正要写的却是人，是时局，是时事。射雁的胡虏喻的是南侵大唐的回鹘军，被惊散的雁代指的则是边关因战乱而颠沛流离、无家可归的民众。雁之哀实是人之哀，雁之处境实是人之处境，诗人怜雁实是在怜人，雁就是比兴之意象，而诗人托物寄兴、比兴传情，除了要抒发对边民的深切同情之外，隐隐也有几分对无力安边的执政者的讽刺怨怒之意。全诗语带双关，情藉且深，曲折递进之间，自现忧切，无怪乎能流传千古，屡得盛赞。

初秋行圃^①

南宋·杨万里

落日无情最有情，遍催万树暮蝉鸣。
听来咫尺无寻处^②，寻到旁边却不声。

注释

①行圃：在园子里散步。②咫尺：周制八寸为咫，十寸为尺。咫尺说明距离不远。

赏析

杨万里，字廷秀，号诚斋，南宋著名诗人，与范成大、陆游、尤袤齐名。少年及第，官居显达，一生创作浩繁，有诗四千余首存世。其诗多清新自然、平实浅近，幽默诙谐中自见盎然情趣，可圈可点。

《初秋行圃》是杨万里所作的一首田园咏物小诗，描绘的是初秋时节，诗人漫步"圃"中之所见、所闻，画面清新，真切传神，颇富趣味。

诗开首两句，即景写景，以清浅优美的笔触勾勒了一幅"落日西斜，暮蝉迭鸣"的图景。金乌西下，余晖漫洒，橘红色的光晕铺满大地，在丛密的树木中牵出一层层清影，似极萧疏无情，实际上却最多情。首句"有情"二字，乃全诗诗眼之所在，无情有情之比，非独是在说落日，也是在说蝉，说初秋，说游目所见之种种。

古人谓伤春而悲秋，秋本是一个令人常感寥落的季节，落日含蕴的也总是近黄昏的惋叹，秋蝉更多夜鸣，鸣声凄切，寓意哀凉，但在诗人笔下，这些原本萧疏的景物却变得欢快活泼了起来。蓊蓊郁郁的林木间，有群蝉栖息，天将暮，落日就像一个调皮的孩子一般催着它们赶紧鸣叫。这里"催"之一字用得最是传神，不仅将"落日"拟人化，更与"遍"字相缀，暗言蝉之多，蝉鸣之盛。

蝉声此起彼伏，响彻园内"万树"之间，伴着"落日"，更见情趣。闻此声，观此景，正悠然漫步的诗人情不自禁地便做出了"寻"的举动。

三、四两句"听来咫尺无寻处，寻到旁边却无声"明是在绘事写人，实际上还是在即景写景，只不过是在这幅初秋的图景中加入了人的影像。蝉声起伏不定，仿佛就在身边，但却怎么都找不到鸣唱的蝉在哪里，等终于找到了，蝉却不叫了。闻声寻蝉本就是十分跳脱的举动，待到寻蝉却不鸣，更觉有致。

杨诚斋能围绕蝉这一物象，将初秋园景写得这般生动逼真、趣味盎然，其心裁之别具、造语之玲珑、立意构思之巧致，自可见一斑。

菩萨蛮·牡丹含露真珠颗

唐·佚名

牡丹含露真珠颗，美人折向庭前过。含笑问檀郎[①]，花强妾貌强？

檀郎故相恼，须道花枝好。一面发娇嗔，碎挼花打人[②]。

注释

①檀郎：晋代的潘安容貌美好，风度优雅，人们常用"才比宋玉，貌似潘安"来形容男子。潘安的小名叫檀奴，所以旧时以"檀郎"或"檀奴"来形容美男子或者自己心仪的男子。②挼：揉搓。

赏析

这首词意韵甜美，意象鲜明，造语工巧，形象地描绘了折花美人天真娇憨的模样，以及小夫妻间你侬我侬、亲昵无间的情态，语俏情浓，刻画细腻，字里行间，皆洋溢着浓浓的生活情趣。

上阕以"牡丹含露"起首，在言明时值初晨的同时，更营造出一种晴好妩媚的气氛。晨曦初露，牡丹娇嫩的花瓣上尚有颗颗晶莹的露珠滚动，美人过庭前，见之欢欣，轻折一朵。折花是为什么呢？阕尾，词人晏晏笑语诉出答案，原来是要问问心上人，是牡丹漂亮还是自己漂亮。

"含笑"之"问"，虽简，却颇具情趣，寥寥几笔，便将美人娇痴探问的神态表现得淋漓尽致。

美人笑问，檀郎该如何回答？以常情论，檀郎的回答理应是人比花娇，但下阕，词人却笔锋一转，给出了一个出人意表的答案。"檀郎故相恼，须道花枝好"，心上人故意要逗她着恼，竟然说花比人好。一个"故"字，转折自然，生动传神，将男子佯作不解风情，笑戏美人的情态刻画得极为逼真，而这种"故"也恰恰从侧面衬出了男女之间的亲昵无间，恋恋情浓。

听说"花枝好"，美人做何反应？恼！当然，这种恼，不是真恼，而更像是撒娇。她一边娇声细语地嗔怪他，一边揉碎花朵砸向他，那种似嗔非嗔、又喜又恼的小女儿娇憨情态，通过词尾寥寥几字，似早跃然纸上。这对男女爱恋之深，琴瑟之谐，亦借由这经过精心剪裁的片段淋漓地展现在人们面前，郎情妾意，令人不觉欣羡。

满江红·敲碎离愁①

南宋·辛弃疾

敲碎离愁，纱窗外、风摇翠竹②。人去后、吹箫声断③，倚楼人独。满眼不堪三月暮，举头已觉千山绿④。但试将一纸寄来书，从头读。

相思字，空盈幅；相思意，何时足？滴罗襟点点，泪珠盈掬⑤。芳草不迷行客路⑥，垂杨只碍离人目⑦。最苦是、立尽月黄昏，阑干曲。

注释

①敲碎离愁：风摇翠竹的响声快把饱含离愁的心敲碎了。②风摇翠竹：宋

秦观《满庭芳·碧水惊秋》："风摇翠竹，疑是故人来。"③吹箫声断：此处代指夫婿远离。④千山绿：春天花落后满目绿色，指夏天即将来临。⑤盈掬：满把，形容泪多。⑥行客：指女子思念的人。⑦离人：伤离别的人，这里是女子自称。

赏析

辛稼轩之词，一向清健包举，大气俊爽，宕拓不羁，超雄豪迈，一如他的人。

然而，纵使英雄慷慨，也总有柔情绕指之时，豪放如稼轩，也会间作妩媚之语，譬如这首《满江红·敲碎离愁》。

词是怀人之词，寄的是相思离愁，语浅情浓，蔚然真挚。

上阕首三句，"敲碎离愁，纱窗外，风摇翠竹"是倒装。"风摇翠竹"为秦观《满庭芳·碧水惊秋》"风摇翠竹，疑是故人来"之活用。因为纱窗外，微风动，翠竹声响，好像是故人归来了，所以才能"敲碎离愁"。由是，自能见故人未归时，伊人"离愁"之深，相思之切。"离愁"一语，乃是词眼，整首词所述之种种，皆由其而发。

"人去后"是起"离愁"之因。"吹箫声断，倚楼人独"则是"人去后"之延展。他走了，再无人为我吹箫，玉楼之中，唯一人茕茕子立，其中寂寞哀戚，不言而喻。因为心中已被愁绪填满，所以即便楼外"千山绿"，风景怡然，在伊人眼中却仍是"满眼不堪"。

"三月暮"，春将尽，夏将至，但他却还没有回来，相思难耐，伊人唯有将"一纸寄来书，从头读"。想念一个人了，将他寄来的信反反复复地读，其实是很常见的做法，在此，词人特意截取这一普通的片段，不仅读来颇觉亲切，所现之相思离愁亦更觉真切。

下阕，"相思字，空盈幅"句，为过片，既上承"寄来书"，又下启"相思意"，以信为媒，直抒胸臆，道尽相思与离愁。他寄来的书信中，满含相思之语，但仅仅如此，却无法满足我的相思啊。相思既苦，离愁更添，于是泪洒罗襟，泣涕不止。其中，"足"字展现出的是

绵绵离绪，略显夸张的"揾"表现的则是泪水之多、思念之深、不见之苦，两者相缀，读来颇为传神。

及后，词人笔锋微微转折，不再直抒胸臆，而是以事、以景传情，异地"芳草"纵"萋萋"，也不会让身为行客的他"迷途"；垂柳千条，细致浓密，姿态虽妍，却因遮挡了伊人远望的视线而被厌弃。思及此景，可见她是何等的望眼欲穿。

但这样就够了吗？显然不是！词尾，词人以一句"最苦是"陡起波澜，将离愁无限延展。她日日凭栏相待，每每"立尽月黄昏"，然而终是孤影徘徊、盼而不得。这里的"立尽""阑干"皆照应上阕的"倚楼人独"，黄昏月上，一片苍茫的景语则更添了几许凄凉愁苦。所谓"最苦"，的确不外如是。

御街行·纷纷坠叶飘香砌①

北宋·范仲淹

纷纷坠叶飘香砌②。夜寂静，寒声碎。真珠帘卷玉楼空，天淡银河垂地。年年今夜，月华如练③，长是人千里。

愁肠已断无由醉，酒未到，先成泪。残灯明灭枕头欹④，谙尽孤眠滋味⑤。都来此事，眉间心上，无计相回避。

注释

①御街行：一名《孤雁儿》，双调78字。②香砌：指华美的台阶。③练：洁白的绸子。④欹（qī）：倾斜。⑤谙（ān）：熟识。

赏析

这首词为怀人之作，其间柔情细语，令人心动。上阕所写乃是秋夜之凄寒空寂，下阕所写则是孤眠独宿滋味，景到浓处，情亦深沉。

上阕前三句所写为秋声、秋色。秋天的树叶纷纷飘落，坠在香阶之上，虽未言秋，而"坠叶"则秋意可知。秋夜寂静，因此秋声细碎而凄清。这声音当然是来自树间的，先写坠叶，后写秋声，声因叶而出，则坠叶是耳中所闻，而不是目中所见。

写秋声着一"寒"字，则心境与夜景同见，"真珠帘卷玉楼空，天淡银河垂地"，此句最为警策，亦是历来评家极言推崇的，虽为赋景之语，而情已跃然纸上。高楼之上，珠帘高卷，仰首望去，秋空旷远，"天淡银河垂地"写尽秋夜长空气象。同写"玉楼"，花间诸君常作柔媚之态，而在范文正公笔下，则有一般清峻刚强之气。

"年年今夜，月华如练，长是人千里"，承上句之清刚，此三句尤其顿挫有力。意境之奇，先以珠帘表出，复以银河承续，到此则以月色加以发挥，愈走愈奇，是以情感深沉激越，无物可抑。

下阕全为思人之愁绪，皆是上阕所积，至此方见洪流跌宕。首三句所写，是樽前垂泪之愁绪：原本借酒消愁而愁肠已断，酒也无从发挥效用，未到肠中，先成眼泪，此等曲折婉转笔，更能见愁之难堪，情之悲切。"残灯明灭"二句，则写愁态，室外明月朗朗，室中残灯摇摇。两相比照，一味凄凉，愁深难寐，倚枕沉思，此情此景，将愁人形象刻画得极为生动，孤眠滋味，更是入情入理，感人至深。

"都来此事，眉间心上，无计相回避"，全词以愁容结尾，怀旧思人，愁不在心头萦绕，便向眉间凝聚，一个"愁"字，让个中人品味，不外此数端，写来如此生动，范文正不失为重情之人。

全词先景而后情，由景而入情，层层递进，抒情之处痛快淋漓，沉着遒劲。李攀龙云："月光如昼，泪深于酒，情景两到。"亦是见此词佳处而作此论。

李凭箜篌引①

唐·李贺

吴丝蜀桐张高秋②，空山凝云颓不流。

江娥啼竹素女愁③，李凭中国弹箜篌④。

昆山玉碎凤凰叫⑤，芙蓉泣露香兰笑。

十二门前融冷光⑥，二十三丝动紫皇⑦。

女娲炼石补天处，石破天惊逗秋雨。

梦入神山教神妪，老鱼跳波瘦蛟舞。

吴质不眠倚桂树⑧，露脚斜飞湿寒兔。

注释

①李凭：当时的一名善于弹奏箜篌的梨园艺人。杨巨源《听李凭弹箜篌》诗曰："听奏繁弦玉殿清，风传曲度禁林明。君王听乐梨园暖，翻到《云门》第几声？"箜篌：古代的一种弦乐器。②吴丝蜀桐：吴地的丝，蜀地的桐。这里指制作箜篌所用的材料。张：调好弦，准备开始演奏。高秋：深秋。③素女：传说中的神女。④中国：国家的中央，即京城。⑤昆山：昆仑山。昆仑玉碎，形容乐音清脆。凤凰叫：形容乐音和缓。⑥十二门：长安城东西南北四面各有三门，共十二门，所以说"十二门"。⑦紫皇：道教将天上最尊的神称为紫皇。这里用来指皇帝。⑧吴质：即吴刚，传说他学仙有过，被罚去砍桂树，树上被砍出的创口马上就会愈合。

赏析

李贺，字长吉，称昌谷，中唐著名浪漫主义诗人，与李白、杜甫、王维齐名，尝有"诗鬼"之誉。

李长吉作诗，最擅托古寓今，其诗多"鬼仙之辞"，浪漫瑰丽，想象丰富，风标驰骋，独树一帜，一如这首名闻千古的《李凭箜篌引》。

李凭是唐时名噪一时的梨园名角，擅奏箜篌，赋诗赞其技艺者可谓不胜枚举，但赞的如李贺这般惊艳绝伦的却并不多。

诗前四句，以俏丽的语言和错综的笔触，于虚实之间极言箜篌音盛，可谓先声夺人。"吴丝蜀桐"赞的是箜篌材质之精良，"高秋"点明弹奏时间，空山云凝、湘娥泪竹、素女轻愁是移情于景，盛赞箜篌声之优美引人。

"中国"指京城，是奏箜篌之地，李凭则是演奏之人。在此，诗人并没有以惯常的时间、地点、人物的顺序交代弹奏一事，而是先写琴、写时间，再写声、写人与地点，顺序似有起伏，但起伏之间却颇有几分新奇瑰丽的美感。

及至五、六句，诗人笔锋一转，开始以比喻的手法正面摹声，言箜篌之音清脆若"昆山玉碎"，且时而低回如"芙蓉泣露"，时而轻快似"香兰笑"，百转千回，抑扬顿挫，变化多端。

之后，从第七句"十二门前融冷光"直到末尾的"露脚斜飞湿寒兔"洋洋洒洒八句，则尽皆是对李凭箜篌声所造成的效果的渲染与描摹。那清美的乐声不仅融化了长安十二门的森森冷光，惊动了天上帝王，还让女娲陶醉失神、神妪乐而求教、老鱼欢悦、瘦蛟起舞、吴刚难眠、玉兔伫听。其想象之大胆，构语之奇巧委实令人惊叹不已。尤其是其中"石破天惊逗秋雨"一句，一个"逗"字，承上启下，以形摹声，只把各种奇特瑰丽的图景与音乐无形的魅力紧紧扣联，化抽象为形象，情思满溢，引人遐想，缘情造景之高妙，委实令人惊叹。

总而言之，李贺此篇，虽无一字对李凭技艺之直判，但却以曲见胜，出神入幽，摹出了声音之情态，字字新奇，句句蹊僻，令人耳目一新。且诗中虽联想、想象浩繁，似丛簇过多，但却毫无冗缀之感，诗人炼语之妙，可见一斑。若细细品读此诗，无论是谁，自当受益良多。

鹧鸪天·送元济之归豫章①

南宋·辛弃疾

敧枕婆娑两鬓霜②。起听檐溜碎喧江。那边玉箸销啼粉③，这里车轮转别肠。

诗酒社，水云乡。可堪醉墨几淋浪。画图恰似归家梦，千里河山寸许长。

注释

①鹧鸪天：词牌名，压平韵。豫章：地名，古代区划，今南昌一带。②敧：倾倒一边。③啼粉：即啼妆，取"梦啼妆泪"之意。

赏析

辛弃疾，字稼轩，南宋爱国词人，和苏轼并举为豪放派词人的杰出代表。这首《鹧鸪天》是一首送别词，描写的是送别元济之的情景，但是其独特之处在于，并没有写词人和元济之的离愁别绪，这也是其亮点之一。

起篇经由描摹一位老人的怆然颓态，引起下文：白发垂髫，黯然侧卧。后两句以动景写意：若要听清那屋檐外的江嚣，不得不起身同入廊，才能摆脱沉寂。展现了一幅无力消闲，与病态厮磨的颓然老态。"起听"打破沉寂，侧面描写了生活的空虚和无聊，不堪苍老，檐溜的喧嚣已无力倾听，只有临境而立，方得同感！前两句描写的老人是词人自己还是友人，后两句揭晓答案："那边""这里"对比立现，一面是哭花了妆面的泪容，一面是车辙般滚滚而过，碾压不尽的愁肠。这里巧用对面描写，描绘出家人对友人梦啼妆泪也诉说不尽的思念，对照友人对家人无以复加的愁绪，实写后者，更加委婉情真，意味深长。

酒助诗兴，携友同往的美好时光徒然，"迷梦望归"因醉洒墨，更有几许得盼？友人的归家之梦和长相嗟叹的喷涌之情，委实难舍难分。词人紧借友人的无限怅惘以吟恳切：归国梦也在现实中跌宕，无处落笔之际，只有趁醉展开万里河图，醉眼望穿秋水，故国不归，吾心不死啊！江河遗梦存入"寸许长"的图卷里，萦绕不断，痴心不改。在梦里都牢记这件事啊！词人浅言辄语再叙重情，怀国念乡的浓厚情感跃然纸上，难以褪迹。

泗州除夜雪中黄师是送酥酒二首

北宋·苏轼

其一

暮雪纷纷投碎米，春流咽咽走黄沙。

旧游似梦徒能说，逐客如僧岂有家。

冷砚欲书先自冻，孤灯何事独成花。

使君半夜分酥酒，惊起妻孥一笑哗①。

其二

关右土酥黄似酒，扬州云液却如酥。

欲从元放觅挂杖，忽有曲生来坐隅。

对雪不堪令饱暖，隔船应已厌歌呼。

明朝积玉深三尺，高枕床头尚一壶。

注释

①妻孥：妻子和儿女。

赏析

作为文学家，苏轼在文、诗、词三方面的造诣都很高，为后人留下了许多脍炙人口的作品，代表着宋

代文学的最高成就。但是作为政治家，苏轼可谓仕途坎坷，一生几遭贬谪。苏轼写这组诗时，正是因为触犯当政者王安石而被撤职之后。元丰七年（1084）四月，苏轼离开黄州，赴任汝州团练副使、本州安置。十二月一日，苏轼一家人滞留在泗州。船舱内寒冷无比，让一家人没有任何新年的喜气。此时，使君黄师是雪中送炭，为诗人送来扬州厨酿二尊、雍酥一奁，让诗人感觉温暖无比。

第一首首联采用了比喻和拟人的手法。傍晚时分，大雪像碎米一样飘洒到地面上，河水冻结，如同有人在哭泣一样凝滞，黄沙在冰面上滑动。短短十四个字，描绘出一幅冰天雪地的景象。在这样寒冷的天气里，诗人的情况怎么样呢？"旧游似梦"，写诗人远离朋友，在他乡孤苦度日；"逐客如僧"，写诗人被贬谪之后，漂泊异乡。

颈联继续描写了一副寒冷寂寞的景象：结冰的砚台，孤独的灯盏。正在诗人为此愁苦不堪的时候，使君雪中送炭来了，"半夜分酥酒"，于是一家人开心快乐起来。前面的悲与后面的喜对比如此明显，更让人感觉使君此举的难能可贵。

第二首详细描述了一家人对使君送来的礼物感到惊喜，"黄似酒""却如酥"，看似平常的东西，此时却拥有了别样的色彩和意义。这份欣喜，一直持续到第二天，"高枕床头尚一壶"再次说明了诗人对得到这份礼物的欣喜，以及对使君的感激。

玉楼春·红酥肯放琼苞碎①

南宋·李清照

红酥肯放琼苞碎②。探著南枝开遍未。不知酝藉几多香，但见包藏无限意。

道人憔悴春窗底③。闷损阑干愁不倚。要来小酌便来休④，未必明朝风不起。

注释

①玉楼春：词牌名，又名《木兰花》。②红酥：指颜色红润的红梅。琼苞：像玉一样温润、含苞待放的梅蕊。③道人：这里是作者自称。④小酌：随意地宴饮。休：语气助词，有"呵"的意思。

赏析

历来文人赞独秀，一枝傲放欺霜雪。古来咏梅之诗词繁多，工者不少，传神者却不多，易安此词，堪称佼佼。

上阕首句"红酥肯放琼苞碎"起笔极为不凡，寥寥几句，便绘出了红梅含苞欲放的清妍姿态。"红酥"摹的是梅瓣之色，"琼苞"既赞了梅之美好，又点出了其未放之情态，造语极是巧妙。

首句一语挈领之后，诗人笔锋陡转，不再摹梅形，而是以触处生春之妙笔，极写梅之神韵。"探著南枝开遍未"借李峤"南枝独早芳"句，婉转表明枝上红梅虽漫琼芳，但多含苞未放。"不知酝藉几多香，但见包藏无限意"对偶，"不知""但见"生发于首句，表明梅之未放；"酝藉""包藏"极言梅之神韵；"几多香""无限意"则以虚实笔法，描绘了遥想之中梅花盛开时的情景，香如何，意如何，似不得而知，却又蕴藉悠长，令人眼前一亮。尤其是上阕末"无限意"一句，不仅收束精巧，且语含婉约，逗起下文，倒颇有几分"水穷云起"之妙。

下阕，词人不再咏含苞之梅，却也不若常人所想那般极言花开之盛，而是出人意表地借赏梅人之愁来展现梅之将败。"道人憔悴春窗底，闷损阑干愁不倚"，"道人"为词人自况，"憔悴"以外在之形衰言愁，"闷""愁"则以内心之思绪直观言愁。"春窗""阑干"既是对居所客观环境的刻画，亦是"愁"的另一种铺叙。

愁怀萦胸时，尤恋恋于梅、着意赏梅，可见词人爱梅、惜梅之意何其之深。而恰因为愁绪难解，踟蹰之中，词人方生了借酒浇愁之意。

然而一人独饮总是太孤独，于是，词尾处，词人自然而然地开始对梅邀饮。"要来小酌便来休，未必明朝风不起"，要来共饮便来吧，一旦狂风起，便红消香残、零落归尘、万事皆休。在此，词人不独是在遣怀，亦是在劝饮，更是在暗诉内心深隐的对命运的担忧。这种担忧，不独是为梅，也为自己。

在此，梅不仅仅是梅，词人不仅将其人格化，视其为知己，更赋予了其鲜明的个性。而所谓"物以类聚"，能与梅同调的词人，本身自也当是品质高洁、超尘绝俗的。

通观全篇，易安之梅，虽不似古之托物抒怀者那般清冷傲岸，但却别有几番生动可爱。且以梅为知己，邀梅共酌，一吐愁思之写法，亦匠心独运，别见机巧。窥此"一斑"，纵不能揽易安词之全胜，却也能从"似尽未尽"的意境里独见三分"尖新"之妙。

赌徒李清照

李清照一生有很多名词传世，是婉约派的代表，有"千古第一才女"的美誉，她留给后世人的印象，大概是一位温柔静婉、才华横溢才女形象。除了写词，她还是一个不折不扣的赌徒。

李清照在其《打马图序》中写道："予性喜博，凡所谓博者皆耽之，昼夜每忘寝食。但平生随多寡未尝不进者何？精而已。"用现代话来说就是：我天性喜欢赌博，只要是赌博我就沉迷于其中，每每废寝忘食。不过我赌了一辈子，不论多少，每赌必赢，这是什么道理呢？不过是因为我玩得精罢了。

可见，李清照和一般的赌徒还不一样，她并非为钱财而赌，而是自取其乐。何况她悟透了赌博的奥秘，方能"每赌必赢"，这是多少赌徒梦寐以求的事情，而在她看来，不过是自己玩得精罢了。其风流倜傥、不拘一格的天性由此可见一斑。

宫怨

唐·李益

露湿晴花春殿香，月明歌吹在昭阳①。
似将海水添宫漏②，共滴长门一夜长③。

注释

①昭阳：宫殿名，昭阳殿，汉成帝皇后赵飞燕居处。②宫漏：宫中专用的用于计时的铜壶滴漏。③长门：宫殿名，长门宫，汉武帝时陈皇后失宠后的住处。

赏析

李益，字君虞，唐朝诗人，少有才名，弱冠及第，初入官场时仕途尚算顺畅，后因诗获罪，多有坎坷。及至建中四年（783），由于不堪宦扰，弃官归隐，漫游燕赵，落拓山水间，创作名篇无数。

君虞擅绝句，尤擅七绝，其诗清平，语工言蕴，每常书边塞风光和沙场风物，字字情真，句句含珠，颇见超迈之趣。若《宫怨》这般蕴藉清婉、含蓄妙丽的小诗，在他的诗作中委实罕见。

诗开首绘景，以清丽的笔墨勾勒出一幅春光融融、花开烂漫的美好图景。"春"点明时令，"晴"言明天气，"露湿"让"晴花"更娇，"殿香"则隐喻春风怡荡，春日晴明，花放灼灼，春风袭来，满殿飘香，景致何其明媚。而在这样明媚的时节，人原应欢歌，亦确在欢歌。

次句，"月明歌吹在昭阳"以浅淡明快的笔触描写了美好春光中欢歌享乐的人，月光融融，明澈从容，昭阳殿中歌舞乐升平，未歇的人、不断的欢声笑语，与前句相映，良辰美景、欢歌人悦，想来自是其乐融融。

三、四句以惯常而论，诗人似乎该抒欢欣喜悦之情，可他却笔锋陡转，以情入景，以夸张的笔法描绘了同一片天下，另一幅萧瑟孤凄的图景。"宫漏"中大概是添了无尽的海水吧，怎么滴都滴不完，怎么漏都漏不尽，以至于长门宫里，一夜竟如此漫长，漫长得仿佛没有边际。

此处，"一夜永长"不过是虚写，然虚中却又有实。昔年，汉武帝原皇后陈阿娇失宠，被幽禁长门宫，失意不已，惆怅满怀，那一个个没有帝王相伴的长夜对她而言，或也长得不见尽头吧。而这种愁怨凄凉，在昭阳的春景明媚、月圆人圆、笑语欢声、歌舞不息的反衬下，就愈发显得沉重难耐了。

纵览此诗，诗人无一言实状人物，更无一言明写宫怨，但却通过两组反差强烈的镜头，巧妙地表达了宫怨之深、之长、之重，曲径通幽、离形得神，其中妙处，每每回味，却也颇觉悠长。

无题·其二

唐·李商隐

重帏深下莫愁堂①，卧后清宵细细长。
神女生涯原是梦②，小姑居处本无郎③。
风波不信菱枝弱，月露谁教桂叶香。
直道相思了无益，未妨惆怅是清狂。

注释

①莫愁：古女子名，石城人，善唱歌。②神女生涯：宋玉《神女赋序》："楚襄王与宋玉游于云梦之浦，使玉赋高唐之事，其夜王寝，果梦与神女遇，其状甚丽。"③小姑居处：《乐府·青溪小姑曲》："开门白水，侧近桥梁。小姑所居，独处无郎。"

赏析

七律《无题》是李商隐的诗作中艺术特色最为成熟的作品，诗人以高超的艺术手法，开创了一个全新的艺术境界。这首诗以饱尝爱情失意之苦的女子为主人公，以她们的内心独白和对往事的追忆来构成诗的主体。在风格上，仍是那么哀怨凄清，多少也融合了诗人的身世之悲。

在这首诗中，诗人浓墨重彩刻画了主人公的身世遭遇。"重帏深下莫愁堂，卧后清宵细细长"，此句从特定的环境来反映主人公的状态，在罗幕低垂、静寂冷清的夜中，主人公躺在床上，环境或许太冷清了，因而在主人公的心中隐隐透出一些幽怨来。

"神女生涯原是梦，小姑居处本无郎"，独卧沉思的主人公，逐渐回到了往昔爱情甜美的时光中，诗人连用二典，将主人公的心理变化反映得极其到位。"神女生涯"看似如梦幻泡影，已成破灭的东西，恰好折射出了主人公对爱情强烈的追求，以及徜徉在爱河之中的心情。而现在独处一室，孤独寂寞汹涌而来，破灭了的只想永远忘却，但始终不能忘却，以"原是梦"的觉悟语气来写"本无郎"的自解自嘲，将主人公内心深处的矛盾揭示了出来。

"风波不信菱枝弱，月露谁教桂叶香"，爱情之梦已经破灭，而在这不幸的爱情之后，则是主人公所受到的摧残，菱枝柔弱，却受到恶风苦雨的摧逼，桂叶自香，无须冷月寒露的垂怜。诗人措辞含蓄，意深情痛，譬喻之妙，与全诗融合无间。

"直道相思了无益，未妨惆怅是清狂"，痴情人作痴情语，可悯可怜，已知那样的相思没有益处，曾经的爱情已经破灭，而在这相思与爱的破灭交织的惆怅之中，主人公仍是一往情深，痴情不改。"清狂"二字，悲喜伤痛，喷薄而出，假使个中人读此，亦可为之喜，为之悲，为之伤，为之痛，茫茫然归于痴矣。

在诗歌中，爱情是一个永恒的话题，但对于一个诗人而言，如何将爱情渲染得感人至深，则须看诗人的艺术和语言表现力。诗人固是一多情人，一痴情人，以多情和痴情驾驭文字，往往将人物的内心活动揭露无遗，而使典用事之中，不露雕琢痕迹。读李商隐《无题》诗，可为其手法鼓掌，可为其痴情扼腕！

西洲曲

南北朝·佚名

忆梅下西洲，折梅寄江北。

单衫杏子红，双鬓鸦雏色①。

西洲在何处？两桨桥头渡。

日暮伯劳飞②，风吹乌桕树。

树下即门前，门中露翠钿。

开门郎不至，出门采红莲。

采莲南塘秋，莲花过人头。

低头弄莲子，莲子清如水。

置莲怀袖中，莲心彻底红。

忆郎郎不至，仰首望飞鸿③。

鸿飞满西洲，望郎上青楼④。

楼高望不见，尽日栏杆头。

栏杆十二曲，垂手明如玉。

卷帘天自高，海水摇空绿。

海水梦悠悠，君愁我亦愁。

南风知我意，吹梦到西洲。

注释

①鸦雏色：如同小乌鸦一样的颜色，形容女子的秀发又黑又亮。②伯劳：鸟名，这是一种在仲夏时开始啼鸣的鸟，喜欢单栖。这里用它一是表明季节，二是暗指女子的孤单。③望飞鸿：古时候都是鸿雁传书，"望飞鸿"就是盼望书信到来。④青楼：青色的楼。在唐朝之前的诗中，常用青楼代指女子的住所。

赏析

《西洲曲》为南朝乐府名篇，传于民间，著者不详，却因全诗婉曲、情感细腻、辞曼句丽、语含精致、意味悠长而广为传颂。

诗开首，词人落笔不凡，以"梅"起兴，寄忆相思。因见梅，伊人想起了昔日与郎游赏西洲的种种美好，思念不绝，春秋苦候，自然而然便引出了其后开门迎郎、出门采莲、登楼苦候、寄梦南风的诸般情景。透过这些情景，诗人要表达的不独是时空物候之变幻，更有伊人情感之变幻，其中巧妙构思，委实令人称绝不已。

尤其是"采莲南塘秋"六句，更见经典。六句三对，言简意赅，形象地写出了伊人出门采莲的情景。六句七"莲"字，莲莲相叠，着意渲染了伊人相思之绵长。采莲、弄莲、置莲三个层次分明、前后连贯的动作，则暗将伊人之心理变化做了最细致的描摹，感情真挚而细腻。

再者，"莲"本通"怜"，自来便有爱恋思慕之意，在此，诗人又巧妙地借"莲花""莲子""莲心"之物象，表达了对伊人眷眷之深情。"莲花"多娇，寓意爱情之美好；莲子"清如水"，寓意爱情之纯洁无瑕；莲心"彻底红"，更寄意遥深，表达了爱情之火热浓烈，其心更是忠贞不渝。

当然，除此六句外，诗中他处亦多见精妙。譬如以四个"门"字的相叠递进，表"郎不至"的焦虑担忧；以"鸿飞满西洲"喻思念之深厚悠长；以"海水梦悠悠"写相思离愁之无尽，等等。

再者，纵览全诗，不难知道，其不仅内容工巧，结构也极工巧。全诗八段三十二句，四句一换韵，蝉联接字，顶针勾连，环环相扣，妙以成篇，其音律之和谐，节奏之明快，声情之摇曳，意味之绵长，实为乐府一绝，每每读之，总令人惊叹不已。

一斛珠·晓妆初过①

五代·李煜

晓妆初过②，沉檀轻注些儿个。向人微露丁香颗③。一曲清歌，暂引樱桃破。

罗袖裛残殷色可④，杯深旋被香醪涴⑤。绣床斜凭娇无那。烂嚼红茸，笑向檀郎唾⑥。

注释

①一斛珠：词牌名，又名《梅梢雪》《一斛夜明珠》《章台月》等。②初过：刚刚梳洗打扮完毕。③丁香：这里代指女人的舌头。颗：指女人的牙齿。④裛：用香熏蒸。这里指香气。⑤杯深：酒斟得满，指喝酒过多。⑥檀郎：西晋人潘岳是知名的美男子，有"才比宋玉，貌似潘安"一语，后人用"檀郎"来指代夫婿或者心仪的男子。

赏析

人常道，情随物迁，物随境转。一切词语不过是心语，若读懂了一个人的词，多多少少，也便知道了这个人的内心。

李煜是南唐后主，亡国之君，身为帝王，他无疑是极荒唐可笑的，但身为词人，他的才华却堪称惊艳。

后主之词，早年多富丽明艳、繁工丽锦、风流蕴藉，亡国后，其词多悲切、恨悔绵绵、含蓄更切。通读此篇，不难知晓，这首《一斛珠·晓妆初过》实是后主昔年权盛宫廷时所作。

上阕开首即以极富生活趣味的口语引起全篇，提纲挈领，"晓妆"浅浅点明时间，"沉檀"既代指口红，亦隐喻"美人口"，"轻注"极写动作之轻柔，"些儿个"和及后的"娇无那""丁香颗"等皆是哝哝口语，但以词人妙笔，嵌入词中，非但不觉突兀，还别显了几分生活化的冶趣，读之令人怡然。

在生动描绘了女子沉檀点唇之端庄后，词人笔锋顺势下延，以"向人微露丁香颗"三句写了欢会之初，女子清歌助兴的丽景，字里行间，不知不觉，已略显几分妩媚。"微""暂""引"等用语颇见贴切，隐喻舌尖的"丁香颗"、隐喻口唇的"樱桃"亦常氲俏丽；此外，词人以"樱桃破"来暗喻"张口"动作的写法亦别有一番新意。

下阕紧承上阕，"罗袖""杯深"二句以倒装笔法，形象地勾勒出约会时美人以酒劝酒、微露醺容的娇痴模样。其中，"殷色可"暗写欢会时间已经不短，与"晓妆"之"晓"相互照应。而"绣床"三句，则借痴写痴，进一步描摹了女子醉后微微轻狂、颇为艳冶的神态。

总之，词上下两阕，以时间为序，通过四个精心剪裁出的片段，以点带面，将女子与情郎欢会时的神情姿态摹写得极为传神。读此词，似眼前真有天真烂漫的少女的倩影掠过，细细品之，尤绝高妙。

再者，词人通篇都着眼于"口"，以"口"将不同的片段缀连，沉檀点唇、张口清歌、口饮香醪、口嚼红茸唾，笔笔传神，句句点睛，却也别具一格。

蝉

唐·虞世南

垂緌饮清露①，流响出疏桐②。
居高声自远，非是藉秋风③。

注释

①垂緌（ruí）：古人结在颔下的帽缨下垂部分，这里代指蝉的头部的触须。清露：干净的露水。古人认为蝉靠喝露水为生。②流响：持续的蝉鸣声。③藉：凭借，借助。

赏析

词多寄情语，物常迁高声，自古咏物之诗多少都有比兴之意，物动人动，物清人洁，不外如是。

虞世南幼承庭训、笃志勤学、从儒为规、生性刚烈、身居显达、不落世俗，太宗尝赞他有出世之才，兼具忠直、德行、博学、文辞、书翰五绝。其书圆融冲和、颇有大家风度；其文婉缛，有类徐陵之意；其诗，则遣词清丽、造语生动，虽多应制之作，却也洋洋洒洒，而《蝉》便是其中较为著名的一首。

该诗是一首咏物小诗，意境淡远、整饬工严、比兴托物、遥相寄意，咏物亦咏人，脱于窠臼，别树一帜，细细读来，诗中不独物动人，情更动人，愈品愈觉不凡。

首句"垂緌饮清露"着眼于一"清"字，明是在描摹蝉之形状与食性，实却是一语双关，在赞那虽身居高位却品行高洁、不流于俗的人。"緌"是古代官帽的垂带，"垂緌"有象征意，指代高官显宦。"饮清露"则是以食之高洁暗示人品之高洁，托寓巧妙，颇见机杼。

次句"流响出疏桐"，上承首句，由形及声，开始对蝉声进行工笔刻画。"流响"状蝉鸣之绵长、流丽、起伏不绝；"出"则将蝉声之远传具象，寥寥一字，却力重千钧；"桐"原便挺拔高大，以"疏"字相缀，则更觉清隽不俗。纵观此句，虽仅摹蝉声，但透过这流丽的蝉声，却不难想见蝉之高洁物象，个中玄奥，委实一言难喻。

三、四句，诗人笔锋略转，以"蝉声"为根，开始借物抒情。蝉声流丽，声声远传，不是因为借了秋风之力，而是因为它本身就位于高处。在此，诗人早脱了前人咏蝉之窠臼，没有执着于蝉声，而是以蝉声为凭，着意对"居高"，即品行高洁作了描绘，重点突出了居高致远之意，认为品行高洁的人，无须借助权势、钱财等外物，也能声名远播。其中，"自远""非是"，一肯一否，一正一反，相互呼应，更将这种致远之意表现得淋漓尽致。

当然，一切蝉语，不过人语，在此，赞蝉，亦是在赞人。虞世南生平德高望重，以其高洁忠正及绝世功绩，位列唐凌烟阁二十四名勋之一。在此，诗人赞蝉，其实多多少少都有几分自况之意。不过，相比于同列为唐时咏蝉名篇的《在狱咏蝉》（骆宾王）和《蝉》（李商隐），虞世南的《蝉》虽少了几许深沉厚重，但却更觉清华。

浣溪沙·玉碗冰寒滴露华

北宋·晏殊

玉碗冰寒滴露华①，粉融香雪透轻纱②。晚来妆面胜荷花。
鬓亸欲迎眉际月③，酒红初上脸边霞。一场春梦日西斜。

注释

①玉碗：古代富贵人家在冬天用玉碗将冰储存起来，藏在地窖里，夏天取出来消暑。②粉融：脂粉和汗水相融合。香雪：指代女子宛如凝脂的肌肤。③鬓亸：鬓发下垂，形容侍女的妆容非常美丽。眉际月：古时女子的面饰。

赏析

景语物语，人语事语，皆不过是情语。

晏同叔是太平宰相，一生平顺显达，其词向来景重情真，浓墨重彩，似浓丽多姿，又颇有几分不滞于物的雅致精妙。《浣溪沙·玉碗冰寒滴露华》虽非其名篇，却也别有几分"花间"遗风的优容气度。

这是一首小词，描绘的是一幅午睡方醒的仕女图，情真、景真、人亦真，抒的虽是富贵闲愁，但不着其形，只悦其势，笔含风物，落地有声，妙趣颇多。

上阕，词人以"玉碗冰寒滴露华"起笔，貌似平淡，却以"冰寒"之"清凉"暗衬了室内之"酷热"，以"玉碗"之晶莹，暗点了环境之富贵，笔落清婉，不觉却已溅起涟漪万端。之后，词人笔锋自然一折，由室内之器物转向室内之人：美人如玉，薄披轻纱，香汗点点，雪肌微盈，晚来妆浓，绮美更甚红荷花。

人美，词亦美。譬喻三格，一阕三句见其二，自也不凡。其中，"晚来妆面胜荷花"一句为明喻，写美人之娇；"香雪"是借喻，以古之常情喻女子肌肤之芳香洁净。此外，"粉融"之状，虽非三格之一，却也着实精妙。不着一"汗"字，却将美人香汗微滴，汗融脂粉的情态刻画得唯美异常，和着全词，更觉赏心悦目。

下阕紧承上阕，续写女子晚妆之情态。"欲迎""初上"动中见静，形容绝妙，不仅刻画工巧、语含情思，更借佳人微醺之妍态，暗露了词人对美人的赞叹欣赏之情。且"眉际月""脸边霞"原就是隐喻之语，不仅绘出了美人蛾眉之秀、容颜之丽，更一语双关，以"月"和"霞"一笔带出了一幅晚霞漫天、红中染金、新月初升的黄昏丽景。透过只言片语，遥想彼时情景，美人晚妆，独立暮霞，眸含醉态，频点轻红，仰首望新月，纤柔婉丽之态、之姿、之情，扑面而来。

及至词尾，词人笔锋再次转折，以倒装的笔法，直白点明，上述种种，尽是美人昼眠醒来后的情景。"春梦"既点明梦之美好短暂、睡之香甜，又暗点主旨，说明抒的是百无聊赖之闲愁。"日西斜"既照应前文的"月""霞""晚来"，点明时令，又是对黄昏日暮、落日西斜景致的真实描摹，是景语，亦是情语。抒情之阕，却以景语为结，个中用意之深婉，留白之巧妙，自不可言传，唯其细品，或可明一二。

送李少府贬峡中王少府贬长沙①

唐·高适

嗟君此别意何如。驻马衔杯问谪居。
巫峡啼猿数行泪②，衡阳归雁几封书③。
青枫江上秋帆远④，白帝城边古木疏。
圣代即今多雨露，暂时分手莫踌躇。

注释

①峡中：即巫峡。②巫峡啼猿：据《水经注》引《宜都山川记》载："自黄牛滩东入西陵界，至峡口百许里，山水纡曲……林木高茂……猿鸣至清，

山谷传响。"③衡阳归雁：衡阳即今湖南衡阳市，其地有回雁峰。古人认为雁飞到衡山就停了下来，故称衡阳归雁。④青枫江：代指湘江，湘江边有地名青枫浦。

赏析

送别之作，大多低回婉转、凄切缠绵，而高适此诗则不然，悲歌自慨，肺腑别出，情深意切，自不待言。

"嗟君此别意何如？驻马衔杯问谪居"，诗人所送的两位友人，一位被贬官峡中，一位被贬官长沙，此诗作于临行送别时。一别之后，山遥水远，诗人以问讯和叹息的口气询问二位友人的心情和谪官之地，语言亲切，意气悠长。"驻马衔杯"正与"别"字同意，是互文见义手法。

"巫峡啼猿数行泪，衡阳归雁几封书"，"巫峡"一语暗写李少府，"衡阳"一语暗写王少府，对整工稳，指事明了，如此笔法，罕有其俦。啼猿下泪，归雁携书，正是送别时一股酸楚渗透在人事之中，毫无痕迹，将别情离绪囊括殆尽。

"青枫江上秋帆远，白帝城边古木疏"，颈联手法与颔联略同，所异者，颈联写别后，颔联写别时。江上秋帆，渐远渐无，城边古木，望中愈疏，故人此去，诗人自有一番孤独寂寞，写景叙情，隐而不发，味在其中。

"圣代即今多雨露，暂时分手莫踌躇"，尾联写别时劝慰，友朋之义，明白可见。时代清明，皇恩浩荡，今日虽别，他日定当重逢，分手只是暂时的，情真而意切，令人无痛楚之感，而起欢欣之意。

这首诗困难之处，是送两个人，他们去的地方又不同，将不同的人与不同的地方组织在一起，是需要极雄劲的笔力和宏博的才力的。高适所作，如出天然，不加雕饰，取典使事，大方得体，兴味盎然，足以让人叹为观止。

和张敏叔祠部压云轩韵

宋·朱谷

行行身渐高，长袖掠花梢。

一线道萦鸟①，千年居等巢。

地严金衬步，天近玉分庖②。

抚掌栖松鹤，惊飞雪点郊。

注释

①萦：萦绕，形容鸟多。②庖：烹调，厨房。这里代指食物。

赏析

诗苑千载，万众齐芳，纵萌于春秋、盛于李唐，但若论理致，却还要称宋。

终宋一朝，各派诗人几多，豪放如苏东坡，婉约若陆放翁，名流种种，数不胜数。而朱谷其人，名不见经传，但其诗却别开生面，颇有几分清新隽爽之气，读来琅琅上口，殊为难得。

该诗是一首中规中矩的五言律诗，由题可知乃是应和之作。全诗意境清隽、语言浅近、色彩淡雅、动作协和，咏物抒情，别见奇妙。

诗开首即以浅淡明丽的笔墨织就了一幅衬步花间、林木葱茏的美妙景致。

"行行"既表明林木之多，又表现出其齐整；"身渐高"之"渐"，凸显出林木花草高低起伏之状，亦以静态的笔墨描绘出一种动态美，让诗句更显灵动。"长袖"一语双关，既实指掠过花梢的衣袖，也指博冠广袖的赏景之人。"掠"是动词，表现的是一种闲适的意态。"花梢"虽是平白之语，但结合全联，却也别有几分明媚之意。

颔联，诗人笔锋微转，视线由花树转向了树上栖息盘旋的飞鸟。"一线"形容贴切，极言树之高峻笔直，暗应首句之"行行"。"萦鸟"表明鸟之多，并非一只。

颈联，诗人不再言鸟与巢，而是移步换景，将目光转向林间步道，以及步道上悠然漫步、坐而分食的人。"衬步""分庖"是极普通，也极常见的小片段，但借由这些小片段，我们却不难想见诗人与三五好友踏青花间、分庖把酒、诗词相和的怡然场面。

尾联顺承颈联，衬步分庖之众人，因松鹤栖良木而"抚掌"赞叹，而这赞叹之声和抚掌的动作，又惊飞了松鹤，令其振翅远扬，遥望其身影，竟仿佛是点点飞雪，点缀郊野，情境开阔，赏心悦目。其中，"惊"是承上启下之语，"飞"为动作，"雪"为明喻，"郊"则含蓄点明时令、地点，言明此行为郊游。揽此一句，通读全篇，虽其中隽淡之意犹在言外，但个中欢欣喜悦之情，却已跃然纸上，不言而喻。

行经华阴①

唐·崔颢

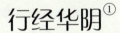

岧峣太华俯咸京②，天外三峰削不成③。
武帝祠前云欲散④，仙人掌上雨初晴⑤。
河山北枕秦关险，驿路西连汉畤平⑥。
借问路旁名利客，无如此处学长生。

注释

①华阴：即今陕西华阴，因在华山之北，故名。②岧峣（tiáo yáo）：形容山高峻、高耸的样子。咸京：即咸阳，因秦汉皆建都于此，故称咸京。此处指长安。③三峰：即华山莲花、明星、玉女三峰。据《广舆记》载："（华山）石壁直上如削成，最著者曰莲花、明星、玉女三峰。"④武帝祠：据《华山志》载："（巨灵）九元祖也。汉武帝观仙掌于县内，特立巨灵神祠

焉。"⑤仙人掌：华山峰名，峰侧石壁上有痕，自下望之，很像手掌，五指俱全，故称仙掌峰。《水经注》云："华岳本一山，当河，河水过而曲行。河神巨灵手荡脚蹋，开而为两，今掌足之迹，仍在华岩。"⑥汉畤（zhì）：汉代祭祀天地五帝的地方。

赏析

崔颢这首《行经华阴》是他途经华阴仰望华山时所作。

诗的首、颔、颈三联全为写景。

首联"岧峣太华俯咸京，天外三峰削不成"气势雄浑，素以险峻著称的华山俯视京城，"岧峣"二字更见华山的气势不凡。下句点明莲花、玉女、明星三峰峭壁如削，而"削不成"三字则足以见其出于造化，蕴藏神工。

"武帝祠前云欲散，仙人掌上雨初晴"，由颔联可知诗人行经华阴时正逢新雨初晴，武帝祠前烟云迷蒙，将散未散，而仙掌一峰，新雨之后，青葱可爱，一片心爽神明气象。在取景时则远近相间，自然美妙。

"河山北枕秦关险，驿路西连汉畤平"，诗人以华山为媒介，将"秦关""汉畤"拢在同一画面之中，而在实际中，这两处在华阴是看不到的。这种写景之法真可谓"思接千载，视通万里"了，亦可见诗人"胸中自有丘壑"。

在一连六句的写景中，诗人将华山之险、之峻、之奇皆摄于笔端，同时以这奇险之景反衬世路之艰难。诗人在写景中广泛采用了一些与神话传说相关联的景点，为结尾埋下伏笔。

"借问路旁名利客，无如此处学长生"，华阴是西往长安的必由之路，求名逐利，熙来攘往，络绎不绝。诗人感慨于自己仕进的艰难，借写作为道教洞天福地的华山来劝他人"学长生"，虽在告诫他人，实则隐晦地说明自己的无奈，但结尾却是从以上三联自然流出的，则愈见诗人的潇洒出尘，风流蕴藉。

崔颢此诗一改以往那种格律工稳的风格，打破了传统格式。从全篇看，诗人将神灵古迹与奇峰异境熔于一炉，诗境愈显雄浑奇瑰，是以清人方东树云："写景有兴象，故妙！"

阮郎归·天边金掌露成霜①

北宋·晏几道

天边金掌露成霜，云随雁字长。绿杯红袖趁重阳，人情似故乡②。
兰佩紫，菊簪黄，殷勤理旧狂。欲将沉醉换悲凉，清歌莫断肠！

注 释

①阮郎归：词牌名，又名《醉桃源》《碧桃春》等。金掌：汉武帝时期，长安建章宫的柏梁台里有铜制仙人，用手托着盘子承接露水。这里用"金掌"代指国都汴京。②人情：风土人情。

赏 析

晏几道，字叔原，号小山，晏殊第七子，北宋遐迩闻名的婉约派词人之一。小山少多才，性孤高，工书擅词，其词多缠绵清丽、婉转含蓄、曲折深幽、蔚为大观。

《阮郎归·天边金掌露成霜》是词人晚年居汴京，恰逢重阳，有感而作。语多伤怀，意现悲凉，然悲凉之中却又有反思，有慰藉，有自怜，一往情深处，挚语忽萦怀，细细品之，炉火纯青，颇得其妙。

词上阕，起笔峻拔，以"天边金掌"借喻汴京，"露成霜"点明时序，"云随雁字长"更进一步，叠述哀思。深秋露重，霜冷雁凄，南飞振翅排一字，雁成行，云影更绵长，寥寥一句，意象缥缈，情却悲怅。虽未有一字言凄凉，但景中以浸透凄凉。

在这样凄悲的深秋里，重阳节到了。重阳筵上，"绿杯红袖"，觥筹交错，富贵而热闹，词人也想"趁重阳"聊以畅饮，暂远悲愁，但汴京"近故乡"之"人情"却又勾起了词人无限的乡愁。所谓"每逢佳节倍思亲"亦不外如是。想乐而未乐，故作旷达而实悲，高朋满座而心孤寂，个中种种矛盾与纠结，不言却早自明，不语却见其挚，小山之功底，由此可窥一二。

下阕顺承上阕，着眼于"趁重阳"，化用屈原"纫秋兰以为佩"、樊川"菊花须插满头归"之句，极言重阳筵上人物之盛、宴饮之酣、服饰之美，渲染节日之欢快。而借此欢畅，纵便是心中无数幽思悲恨难排的词人也不觉"殷勤理旧狂"。"殷勤"是"理"之状语，"旧狂"是"理"之客体，寥寥五字，却蕴三重深意："狂"已"旧"；"旧狂"需"理"；"理"时"殷勤"，"狂"中却多有不得已。在此，词人梳理的不独是"旧狂"，还是自己的人生。"殷勤理旧狂"既有反躬自省之意，亦有自怜自伤之意，若细品，多多少少，还能品出几分光阴易逝、物是人非之叹。

总而言之，词人在重阳节时"理旧狂"，愈"理"人愈"悲"，于是，便生了"欲将沉醉换悲凉"之心。然而，沉醉易，悲凉却终难替，无奈，当"清歌"起，词人便只能戚戚独语，盼其"莫断肠"，而实际上，词人早已"断肠"久矣！

遣怀

唐·杜牧

落魄江湖载酒行①，楚腰纤细掌中轻②。
十年一觉扬州梦③，赢得青楼薄幸名④。

注释

①落魄：指诗人仕途失意潦倒。②掌中轻：汉成帝皇后赵飞燕体态轻盈，能为掌上舞。③十年：一作三年。④青楼：旧时指精美华丽的屋宇，也指歌楼妓院。薄幸：薄情。

赏析

杜牧作此诗时，正值文宗大和七年至九年（833—835）之间，其在淮南节度使牛僧孺幕府任职，身居扬州。当时正值而立之年，颇好宴游。据史书记载，杜牧早年曾与扬州青楼女子多有来往，而青楼女子中亦不乏才情卓伦之辈，但杜牧游荡其间，并非为游戏人生、放浪形骸，而是政治抱负不得伸展，一事无成，便寄身于此，以诗酒诗词曲赋聊以快慰人生。

诗人起首开门见山，直接回忆早年在扬州寄身青楼的潇洒生活。"楚腰纤细掌中轻"运用了两个典故，"楚腰纤细"代指美人的细腰。楚地传说，当年楚灵王好细腰，于是国人纷纷附之，为了拥有完美的细腰，甚至减少进食，或者不吃饭，因此国人多面有饥色，身形消瘦。"掌中轻"形容美女身姿曼妙，体态轻盈。传说汉成帝皇后赵飞燕身姿娇小，体态轻盈，可舞于掌上。杜牧用这两个典故，是形容扬州青楼的女子多身姿曼妙，才情俱佳，侧面烘托出其流连于青楼之间，颇有意趣。

然而，回顾起首"落魄"二字，仔细品味，不难看出，杜牧寄身于青楼之间并非为快意生活，而是回顾自己失意落魄，一事无成，仕途坎坷，才避身青楼，与青楼女子诗酒快意，吟风邀月，两相对比之下，胸中郁闷、寄人篱下之感顿上心头，不禁回想起当年流连于秦楼楚馆的自由快活之场景。"载酒行"更透露出杜牧内心的一股深深的孤独、寂寥之感，半生颠沛，满腹委屈，更与何人诉说，唯有这一壶壶醇香的美酒，可以直抵心腹，知其内心的苦闷，好比一位知心的老友，借酒浇愁，好忘却那些是是非非名利场的所有。

"十年一觉扬州梦"，这是诗人发自内心的感慨，细细品来，是一种看尽人间名利与风月的大释怀，仿佛压抑已久之后的一声仰天长叹，看似突兀，实则与前两句息息相关。"十年"，对一个人来说是很久的一段时间，"一觉"却是非常短暂的时刻，两相对比，形成"很久"与"短暂"的鲜明对比，愈加凸显出诗人这种感慨之深情。匆匆十年，恍如隔世，恰似大梦方觉，一觉初醒，往日的放浪形骸、诗酒风流，如今看来好比一场梦。梦醒时分，发现自己仍是一事无成、孑然一身，其中悲苦、心酸不言而喻。

"赢得青楼薄幸名"一句轻松而诙谐，大有自嘲之意味，实则蕴含着万般难言之苦。宦途失意，杜牧便寄身青楼，与才情俱佳的青楼女子交游，也别有一番乐趣。可叹的是，最后，连曾经交好的青楼女子也责怪自己薄情，"赢得"二字满含自嘲、辛酸和悔恨，诗人的心腹间的郁闷之情可见一斑，而其所遣之怀亦尽于此。

荔枝三首·其三

唐·韩偓

巧裁霞片裹神浆，崖蜜天然有异香。

应是仙人金<u>掌</u>露①，结成冰入蒨罗囊②。

注释

①金掌露：汉武帝曾在长安建章宫建造柏梁台，以铜铸仙人托盘立于其上，承接露水。②蒨：红色。

赏析

韩偓，字致光，号致尧，小字冬郎，唐末著名诗人，因李义山"雏凤清于老凤声"之赞初名于世。光化宫变时，因平叛有功，又蒙昭宗数次立相，名声显达，遐迩天下，重于一时。

他少年才高，喜诗擅文，一生创作颇丰，有《野塘》《雨村》《醉著》等名篇传世。

相比名篇，《荔枝三首》未免见绌，然三首小诗却也各有千秋，风骨奇秀、意境优雅、语言清淑、别见意趣。而本诗即是三首之一。

诗首句起势绮丽，大胆设喻，以浪漫的笔触，对荔枝的形态进行了生动描摹。"巧裁霞片"极言荔枝外在之鲜红明媚；"裹神浆"，以"神浆"借指荔枝肉质剔透莹润。想象新巧，却极贴切，读来更觉神思遐飞、意态张扬。

次句，上承前句，笔意转圜，由荔枝之形色，言及其味与香。"崖"是其生长环境的一种简约刻画，"蜜"指其味道之甘甜，"有异香"则是从嗅觉的角度写了荔枝的清香与独特。

三、四句，诗人借物言物，笔落婉转，开始抒情。仙人金掌托玉盘，玉盘之底凝玉露，玉露成冰，罗囊巧纳之后，岂不正是荔枝吗？在此，诗人一则是在盛赞荔枝，赞其鲜洁，赞其内里芬芳，更是以荔枝自况，托物言志，表明了自身心之渊明、质之无瑕。

贺新凉·再赠柳敬亭

清·曹贞吉

咄汝青衫叟①。阅浮生、繁华萧索，白衣苍狗②。六代风流归抵掌，舌下涛飞山走。似易水、歌声听久③。试问于今真姓字④，但回头笑指芜城柳⑤。休暂住，谭天口。

当年处仲东来后。断江流、楼船铁锁，落星如斗。七十九年尘土梦，才向青门沽酒。更谁是、嘉荣旧友。天宝琵琶宫监在，诉江潭憔悴人知否。今昔恨，一搔首。

注释

①青衫：指官职卑微。②白衣苍狗：见唐杜甫《可叹》："天上浮云如白衣，斯须改变如苍狗。"后来用"白衣苍狗"比喻世事变化无常。③易水：河流名，位于今河北省北部。荆轲刺秦时，太子丹在易水为他饯别，见《战国策·燕策三》："风萧萧兮易水寒，壮士一去兮不复还。"④姓字：姓氏和名字。⑤芜城：古城名，即广陵城，位于今江苏省江都市境内。

赏析

曹贞吉出身诗礼大族，少即才显，康熙三年（1664）及第，仕途本平畅，三藩之乱时，因其弟曹申吉就伪职，受累，蹉跎十五年，后因病辞归。

曹贞吉嗜书，工诗，亦擅词，其词语多清奇，宗南宋，诙谐中微有激昂之意；抒情吊古、咏物怀人，更不乏隽美之辞、苍茫之意。其一生著作颇丰，最著名的莫过《珂雪词》，最苍茫者却属《贺新凉》。

《贺新凉》是一首脍炙人口的酬答之作，酬的是"以评书闻达公卿"的著名说书人柳敬亭。柳敬亭，原名曹永昌，父祖皆为商贾，敬亭少年时亦操持商贾事，后因罪获刑，易名改姓，浪迹天下，以说书为业。清军入关时，柳敬亭曾从军征战，有襄助南明之

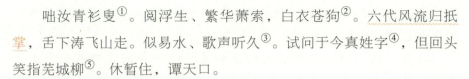

举，后事有不协，遂怀反清之志，存节退隐。曹实庵感其人、闻其事，怅而相酬，遂作此词。

词开首以"咄汝青衫叟"起势，提纲挈领的同时，亦先声夺人，以一个"咄"字引人入境，以一个"叟"字暗点柳翁之年龄，为后文"阅浮生"，叹荣衰，感时光易逝作垫。"白衣苍狗"句怅的不仅是岁月，亦是说书人之平生。

及后，词人以略显夸张且绮丽的笔墨进一步写了柳敬亭平生之成就，熟知六代掌故，历数风流，舌下生辉，仿佛"涛飞山走"，意气纵横。然而曾经种种，却总"似易水"，萧萧兮壮士不复，"歌声听久"，更觉悲怆。悲从中来，自无解言，于是，问问你，现在你姓什么，艺人无言，笑指芜城柳。若非无奈，谁愿更名改姓，此中"一笑"，虽含了几分老叟阅尽浮华之后的淡然，但更多的却还是苍凉与凄怆。值此之时，劝慰什么的不过是虚妄，倒不如令他"休暂住，谭天口"，不要停下来，续其辩才，继以生花便好。

下阕，词人笔锋微微宕开，以"当年初仲东来后"引起，不再言柳口舌之灿，而是以其就职宁南侯左良玉军中之事为引，极言其任侠大义。"断江流"三句，述的不仅是战时之景，更是沙场之情。

左良玉败后，南明的"柳将军"也重归草莽，再操旧业，然而纵便生计几多潦倒，他仍一生矢志反清，从未动摇，其人虽微，其节却实可嘉。于是，纵观柳敬亭一生，词人方有"七十九年尘土梦""诉江潭憔悴人知否"之言。

至词末，词人笔走惊魂，以"今昔恨，一搔首"作结，借说书人昔之名盛一时与今之归隐落魄之强烈对比，以及大明昔年之强盛与今之沦亡的鲜明对比，抒兴亡之慨，言无尽之"恨"，但这些"恨"，于词人笔下，终未呈汪洋恣肆之态，而是束之以"搔首"。

此一收束，虽非慷慨，却实大气，于淡然中见从容，留白几多，意未尽，情未尽，遐思隽永，倒是颇有几分看淡平生、任人评说的洒然意味。

塞下曲

唐·李益

伏波惟愿裹尸还^①，定远何须生入关^②。
莫遣只轮归海窟^③，仍留一箭射天山^④。

注释

①伏波：伏波将军，东汉马援战功累累，被封为伏波将军。裹尸：马援曾说："男儿要当死于边野，以马革裹尸还葬耳，何能卧床上在儿女子手中邪？"为马革裹尸的来由。②定远：东汉班超因战功赫赫被封为定远侯。生入关：班超年老，请求皇帝将自己调回，曾有"但愿生入玉门关"的诗句。③只轮：一只车轮，形容全军覆没。海窟：这里代指敌人所居住的瀚海沙漠。④一箭射天山：取自唐名将薛仁贵的典故。薛仁贵作战英勇，三箭射杀前来挑战的部队中的三人，其余人都请降。凯旋时，军中高唱赞歌："将军三箭定天山，战士长歌入汉关。"

赏析

这首诗首句便透露出壮烈之气。诗人将伏波将军马援与定远侯班超做对比，坚定明确地表达了自己对壮士戍边的看法——"伏波惟愿裹尸还，定远何须生入关。"伏波将军马援愿保家护国，战死边关，"埋骨何须桑梓地，人生无处不青山"，定远侯班超又何必借口年迈，生入玉门关呢？诗人不仅是在评价古人的做法，他更是在为自己的志向发言。唐朝重武轻文，身为"初唐四杰"的卢照邻都曾在自己的诗歌中一吐胸中抱负："宁为百夫长，胜作一书生。"唐朝尚武，可见一斑。诗人虽然是一介书生，仍胸怀投笔从戎之志。在诗人的想象中，戍守边关是一件浪漫、豪壮的事情，一面是身为长城，退敌千里；一面是建功立业，封妻荫子，无不令诗人热血澎湃，向而往之。

末尾两句更是诗人对戍边的浪漫想象——"莫遣只轮归海窟，仍留一箭射天山。"《春秋公羊传》曾记载："僖公三十三年，夏四月，晋人及羌戎败秦于殽……晋人与羌戎要之殽而击之，匹马只轮无反者。"这句话意思是说，不仅要让敌人片甲不留，更要留下精锐部队，以防止敌人再次进犯。唐初名将薛仁贵三箭定天山的事迹让具有浪漫情怀的诗人十分向往，他在此将此事化用在诗中，也有歆美向往之意。

这首小诗只有四句，但四句都用典，是为时代错置。全篇议论的诗歌容易流于浅薄，可是典故拓展了这首诗的境界，大大丰富了诗歌的内容。

病起书怀

南宋·陆游

病骨支离纱帽宽①，孤臣万里客江干②。
位卑未敢忘忧国，事定犹须待阖棺③。
天地神灵扶庙社，京华父老望和銮④。
出师一表通今古⑤，夜半挑灯更细看。

注释

①支离：憔悴的样子。②客：此处作动词，意为在……处作客。江干：江岸。③阖棺：盖上棺盖，意为身死之后。④和銮：本为皇帝车驾上的銮铃，此处代指皇帝的车驾。⑤出师一表：诸葛亮所作的《出师表》，向皇帝表明收复中原的心迹。

赏析

　　陆游在偏安一隅的南宋为官。"靖康耻，犹未雪，臣子恨，何时灭"，他与多年前的名将岳飞的心迹一般，想要"待从头、收拾旧山河，朝天阙"，怎奈朝中多是贪生怕死、靦颜事敌之徒，"直把杭州作汴州"，党同伐异，牢牢压制着主战一派。愤懑难抒、心忧为国的诗人因耿介直言，触犯权贵，更是被排挤出朝廷，免官归田，不得参与政局国是。他在此境遇下，作出此诗，一吐收复故土的爱国之情。

　　作此诗时，诗人已有五十二岁，年纪老大，病痛缠身，再加上仕途跌宕，命运乖蹇，自知时日不多，壮志难酬，心中悲愤之意日益积聚。首句便颇有暮气，呈现出日薄西山之态——"病骨支离纱帽宽，孤臣万里客江干。"病来消损，伶仃孤苦，显得纱帽戴在头上都格外宽大。衣带渐宽，消得人憔悴，他一人万里飘零，客居他乡，诗人在此称自己为"孤臣"，颇有悲苦之意。但诗人并没有为自己的艰难处境自怨自艾，而是石破天惊地呐喊出"位卑未敢忘忧国"，即便身处江湖之远，即便贫病交加，即便只是匹夫之勇，诗人仍不敢忘记为国运担忧。"不以物喜，不以己悲"，诗人的抒怀掷地有声。但想到自己已然半入黄泉，恐怕不能在有生之年见到山河收复，诗人又不由长叹一声"事定犹须待阖棺"，恐怕只有在其化作一杯黄土后，收复故园的愿景才能成为现实吧。

　　诗人在颈联笔锋一转，写道："天地神灵扶庙社，京华父老望和銮。"只愿天地神灵相佑，能让庙社重振，国家向荣，因为在旧都京华，父老乡亲还翘首盼望着皇帝的车驾能重临故都。这两句写得情深义重，委婉深致，几乎让人为之落泪。尾联写道："出师一表通今古，夜半挑灯更细看。"诗人无法遣怀，只能在深夜拿出诸葛亮所写的《出师表》细细摩挲，含泪默读，这一幕更是将全诗感情推到了高潮，让人读后，久久难以忘怀。

清明二首·其一

唐·杜甫

朝来新火起新烟①，湖色春光净客船。

绣羽衔花他自得②，红颜骑竹我无缘③。

胡童结束还难有④，楚女腰肢亦可怜。

不见定王城旧处⑤，长怀贾傅井依然⑥。

虚沾焦举为寒食⑦，实藉严君卖卜钱⑧。

钟鼎山林各天性⑨，浊醪粗饭任吾年⑩。

注释

①新火：古人每季用不同木材生火，每到换季，用不同木材所生之火则被称为新火。②绣羽：代指羽毛美丽的鸟。③红颜：此处指少年。④童：小孩。⑤定王：汉景帝第十子刘发，母亲乃唐姬，不受皇帝宠爱，因此被封在贫瘠之地长沙，谥号为"定"。⑥贾傅：贾谊。⑦焦举：这里代指介子推。介子推为晋文公功臣，在文公即位后隐退，文公欲用介子推，焚山逼迫介子推出山，不从，被烧死于山中。⑧严君：严君平，汉蜀郡人。为人占卜以日得百钱，足以供给生活，便闭户读老庄，扬雄曾游学于此人。⑨钟鼎：钟鸣鼎食，意为富贵。⑩浊醪：浊酒。

赏析

此诗作于杜甫逝世前一年，此时的诗人贫病交加，飘零江湖，甚为孤苦。他于清明见春光大好，万物兴荣，唯有自己垂垂老矣，时日不多，且远在江湖，难以一展抱负，在万般悲苦之下，写下此诗。其中愁苦哀倦，消极避世之意，令人痛心。

"朝来新火起新烟，湖色春光净客船。绣羽衔花他自得，红颜骑竹我无缘"四句，前两句都是在描摹迟迟春日的满眼风光——放眼望去，只见晨光熹微之中，炊烟袅袅升起。那是换季之时所用的新火。一个"新"字有春入旧年，转换天地之感。目之所及，只见湖光中闪动着画船的影子，游湖之人该是多么怡然自得啊。诗人的心事被触动，自伤自怜——这么好的春光，与这副行将就木的老朽之身有何干系呢？那煌煌其羽的鸽鹕伯劳，衔花而行；那容光奕奕的少年儿郎，骑竹嬉戏，这春日里欢闹的一切，我身在其中，是多么格格不入。"胡童结束还难有，楚女腰肢亦可怜"两句写本地风土人情。诗人当时做客湖南，而湖南少数民族聚居，风物与中原殊异，胡地的孩童穿着五溪衣裳，在别处难得一见。湖南原属于楚地，故诗人将此地美女呼作"楚女"。"楚王好细腰"，楚地女子以纤腰而闻名。"可怜"乃可爱之意——诗人瞧这春阳中的风物人情：胡童身上所著结束彩衣、楚女窈窕纤细的腰肢，无不惹人怜爱。

"不见定王城旧处，长怀贾傅井依然"，诗人终于将自己满心寥落和盘托出。定王乃汉景帝一个微宠的儿子，被封在长沙这个卑湿荒凉之地；而贾谊更是贬官至此，终难得志，郁悒而终。这两位均是蠖屈不伸之人，诗人到此地，触景生情，身世之悲，喷薄欲出。"阊阖九门不可通"，半生潦倒、沦落江湖的诗人不仅有仕途之悲，更有生计之愁。"虚沾焦举为寒食，实藉严君卖卜钱"，一个"虚"字透露出非为寒食不生火，而是实在无米难为炊。诗人想着自己若是谋生，恐怕也只能如严君一般，在街头为人占卜为生。这两句写尽诗人之穷困潦倒，堪比当年的"朝扣富儿门，暮随肥马尘。残杯与冷炙，到处潜悲辛"，读来甚有穷途末路之感。"钟鼎山林各天性，浊醪粗饭任吾年"，诗人表达了自己任情山林之心，认为富贵显于世也好，潇洒隐于林也罢，都是天性使然，何必强求？像自己一般，能有浊酒粗饭，便足以度过余生了。这点看似无欲无求的心迹，实际饱含多少人生辛酸，我们已无从得知，唯有从断简残片中揣摩一二。

满庭芳·蜗角虚名

北宋·苏轼

蜗角虚名①，蝇头微利，算来著甚干忙。事皆前定，谁弱又谁强。且趁闲身未老，尽放我、些子疏狂②。百年里，浑教是醉③，三万六千场。

思量④。能几许，忧愁风雨，一半相妨，又何须，抵死说短论长⑤。幸对清风皓月，苔茵展、云幕高张。江南好，千钟美酒，一曲《满庭芳》。

注释

①蜗角：蜗牛的触角，形容极其微小。出自《庄子·则阳》："有国于蜗之左角者，曰触氏，有国于蜗之右角者，曰蛮氏。时相与争地而战，伏尸数万，逐北旬有五日而后反。"②些子：一些子，一点儿。③浑：全部。④思量：考虑。⑤抵死：老是，总是。

赏析

这首长调的奇特之处在于词人大量运用口语，非但没有损害词的美感，反而有一种纯朴自然，不事雕琢的清新感。这首词大概断定乃苏轼贬黄州之时所作。当时，苏轼仕途受挫，不免有愤世嫉俗之语，但他并未为此所困，而是挣脱出来，给自己创造出一个海阔天空、进退自如的精神世界，读来让人胸臆为之舒张。

上阕写尽世人趋炎附势、争名夺利的丑态，一舒胸中郁悒不平之气。词人很巧妙地化用了《庄子·则阳》中精妙绝伦的比喻——所谓天下相争，于无穷宇宙而言，仅是于蜗角上的厮杀罢了。而建功立业、封妻荫子种种，更只是蝇头微利，"算来着甚干忙"，不值一谈。词人认为，命乃天定，强弱相对，此一时彼一时，"三十年河东，三十年河西"，又有谁能说得准。万里奔走，追名逐利，机关算尽，到头来恐怕还是"竹篮打水一场空"。词人放胆豪言——"且趁闲身未老，尽放我、些子疏狂。百年里，浑教是醉，三万六千场。"趁着如今逍遥自在，身还未老，不如让我疏狂放浪。人生不过百年，要醉便醉三万六千场。

下阕更是潇洒出尘，神仙亦羡。词人沉思片刻，只觉得人生风雨，也只有一半相仿，余下一半仍是天霁云开，惠风和畅。此处的"忧愁风雨"乃是指朝堂争斗、乖蹇命途，词人尽将这些抛开，只觉得这些琐碎小事，又何必常挂心头，惹人烦忧，更用不着总是说短论长，针砭臧否。此处词人实是自嘲，他在朝廷之时，常逞口舌之能，多为时人诟病。词人当是认识到这一点，故作此语，用以自警。抛却鸡毛蒜皮的尘世，词人放眼望去，只觉眼前空阔，美景无边——"幸对清风皓月，苔茵展、云幕高张。"清风明月，翠色满眼，云幕高张，实是人间情景。当此好景，"江南好"三字由气象喷薄而出，词人把酒临风，"千钟美酒，一曲《满庭芳》"，歌声响遏行云，将全词感情推至高潮，读来只觉兴致高涨，豪气满腔。

赴戍登程口占示家人二首·其二

清·林则徐

力微任重久神疲①，再竭衰庸定不支②。
苟利国家生死以③，岂因祸福避趋之④。
谪居正是君恩厚⑤，养拙刚于戍卒宜⑥。
戏与山妻谈故事⑦，试吟断送老头皮。

注释

①力微：谦辞，形容自己力量微薄。神疲：精神不济。②衰庸：谦辞，形容自己衰老平庸。③苟：如果。④避趋：因祸而避；因福而趋。⑤谪居：因罪

而被发配远方。⑥养拙：这里有恪守本分的意思。⑦山妻：对妻子的谦称。

赏析

　　1840年前后，英国在扩展殖民地与产品倾销地的利益驱动下，用鸦片这一违反国际贸易规则的商品打开了闭关锁国的中国的大门。林则徐见其害愈深，不仅使得中国白银大量外流，更使百姓意志消沉、病骨支离。林则徐在给道光皇帝上疏谈及此事时表达出深深的忧虑："烟不禁绝，国日贫，十余年后，岂惟无可筹之饷，抑且无可用之兵。"林则徐被任命为钦差大臣，前往沿海地区实施禁烟措施，并于虎门销烟一事取得较大成果。但此事最终成为英国对中国开战的借口。鸦片战争战败之后，清朝被迫将林则徐贬往新疆伊犁。此诗便是作于此刻。

　　诗人在开首两句便一吐自己倦于重任、力微难支的牢骚："力微任重久神疲，再竭衰庸定不支。"我力量微薄，此事却是任重道远，为此连年奔走，已经让我气喘难支、精疲力竭了。"一鼓作气，再而衰，三而竭"，诗人喟叹自己这般驽钝之资，庸平之才，若是再勉力强撑，定然无法支撑大局。诗人作为一个忠贞之士、国之重臣，说出这样的丧气之语，已能见他心中怨气深重，愤懑委屈了。

　　但诗人作为治国安邦之栋梁，毕竟没有长久沉湎于自怨自艾、怨天尤人之中，而是倾吐出为国尽忠的豪言：苟利国家生死以，岂因祸福避趋之！如果能利于国家，纵便是马革裹尸又何妨？纵便是毁家纾难又何妨？怎能因为身罹灾祸便避世苟安，又怎能因为能得利益便趋炎附势？这句话掷地有声。

　　颈联和尾联要放在一起品味，才能体会到诗人此刻真实的感情与心境。诗人尽职尽责，克己奉公，半生有余，满腔热血尽献给国家事业，不曾想到头来，却落得个罢官流放的下场。"谪居正是君恩厚"，君王不杀我头已是厚恩了，还敢奢求什么呢？这既是诗人的自嘲，也是对现实的一种不满，既已如此，不如取"养拙"之道，安安生生地当一个老百姓，过好自己的生活，这便足矣。作为朝臣，尽心竭力为苍生，满腹委屈无处释放，只能与老妻玩笑一句，一笑了之，从此远离庙堂，方是清净。

　　此诗虽非千古佳作，但因其中诗人强烈的爱国热情而熠熠生辉，口口传颂，经久不衰。

西江月·世事短如春梦

南宋·朱敦儒

世事短如春梦①，人情薄似秋云。不须计较苦劳心②，万事原来有命。

幸遇三杯酒好，况逢一朵花新③。片时欢笑且相亲④，明日阴晴未定。

注释

①世事：尘世凡事。②计较：词中指算尽机关。③况：何况。④片时：形容眼下短暂的时光。

赏析

此词当是周敦儒暮年追忆往昔岁月时而作。周敦儒经历过靖康之乱，可惜那时国破家亡，颠沛流离，欲报国而不成。晚年更是遭受重大打击——奸相秦桧以他儿子为要挟，将他强请进京，给秦桧之子教授诗书。虽最终未能上任，但因此事坏了声名，时人更作诗讽刺，字字诛心，令他十分难堪。朱敦儒最终选择归隐田园，不再问世事。此词当作于此时。

上阕开首两句便倾诉无尽沧桑凄凉：世事短如春梦，人情薄似秋云。红尘俗事便如春梦一般，日出即消散，那些"满楼红袖招"、那些"一醉轻王侯"、那些"红烛昏罗帐"的往事，到如今，也散了个干净，短暂如昙花一现。世间人情更是浅薄，便像是天中涂抹的秋云，凉薄至极。失势之后，朱敦儒有如丧家之犬，累累而奔。这两句是对人世极大的失望。他将这归咎于天命——不须计较苦劳心，万事原来有命。此等琐碎小事大可不必常挂心头、劳神费力，天下万物本是命定，凡人无从改变。从这一句中，词人的消沉度日、心灰意冷已可循迹。

词人毕竟舒朗开达，并未心如死灰——下阕开首便是"幸遇三杯酒好，况逢一朵花新"，幸好还有数杯好酒，何况眼前是娇蕊初开，花酒之前，词人已颇有些怡然自得了。"片时欢笑且相亲，明日阴晴未

定"，欢乐的时光只有片刻，要抓紧时机，在此刻尽情尽兴，因为明日阴晴与否，我们无法断定。这里的"阴晴"乃指人生坎坷，或许也指政治风云。词人在此戛然而止，为读者留下无尽遐想，也留下无尽忧愁。

放言五首·其二

唐·白居易

世途倚伏都无定①，尘网牵缠卒未休。
祸福回还车转毂②，荣枯反复手藏钩③。
龟灵未免刳肠患④，马失应无折足忧⑤。
不信君看弈棋者⑥，输赢须待局终头。

注 释

①倚伏：出自《老子》："祸兮福之所倚，福兮祸之所伏。"②毂：车轮中心部分，此处指车轮。③藏钩：古代一种游戏，此处指荣枯之事如反手藏钩，变化无常，不可捉摸。④龟灵：古人用龟壳来卜筮，龟被认为是有灵性的动物。刳肠：此处指被杀掉。⑤马失应无折足忧：化用塞翁失马，焉知非福的典故。塞翁丢失马匹后，便没有了儿子摔断腿的忧虑。⑥弈棋：下棋。

赏 析

古代文人显达时以儒家为为人处世的准则，失意时以老庄之道聊以自慰，这已不是什么稀罕事了。白居易这首诗便是化用了《老子》中所言"祸兮福之所倚，福兮祸之所伏"一句，进行解释阐发，从而规劝世人居安思危、静观其变。

首句以"世途倚伏都无定，尘网牵缠卒未休"起，高屋建瓴，提纲挈领，将全诗议论对象与感情倾向点出。世途艰险乖蹇，福祸相依，不知何时便会脱离所预测的轨迹，走向迷雾重重的远方。古人常将俗世比作罗网——纠缠不休，难逃其缚，如陶渊明"误入尘网中，一去三十年"便是此种比喻。世事纷纭难辨，尘网牵扯纠缠，没有尽头。从"牵缠"二字，可见诗人的感情倾向：尘世纷扰，满地鸡毛，实在是难以挣脱，不如清静无为，坦然处之。

"祸福回还车转毂，荣枯反复手藏钩"，在颔联中，诗人连用两个比喻强调福祸荣枯难卜难测：幸运之事与灾祸之事便如回转的车轮一样，不停转动，往复不止，谁也摸不清楚何时会乐极生悲，何时会否极泰来。藏钩乃是一种猜物游戏，对方手中所握到底为何物，实在难测，便如这荣枯之事一般。

颈联用具体事例与典故再次加深读者的印象。"龟灵未免刳肠患，马失应无折足忧"，古人用龟壳以占卜。用作卜筮的龟会被刳肠取壳，诗人借此说明，能占卜前途之物之人也免不了飞来横祸，更何况是我们这些在俗尘中挣扎的凡人呢？后一句用塞翁失马的典故，表明福祸相互转化，坏事之后未免不是好事。

尾联以弈棋之事做结："不信君看弈棋者，输赢须待局终头。"要想知道棋局输赢，还得等到一局棋终。这便如处在混沌之中的凡人，不知自己未来的命运将走向何方，只有待到尘埃落定，弥留之际，恐怕才能弄清楚自己一生的脉络与走向。

芙蓉楼送辛渐二首·其二

唐·王昌龄

丹阳城南秋海阴①，丹阳城北楚云深②。
高楼送客不能醉③，寂寂寒江明月心④。

注释

①丹阳：地名，在今江苏省。②楚云：芙蓉楼在古时位于楚国境内，故言为"楚云"，意为楚地之云。③高楼：指芙蓉楼。④明月心：此处指将心托付给明月。

赏析

《芙蓉楼送辛渐》是一组诗，共两首，其一中尤为著名的诗句乃"洛阳亲友如相问，一片冰心在玉壶"。若说其一言己之志，其二便是送友之情。

首句"丹阳城南秋海阴，丹阳城北楚云深"运用互文。诗人送别之时登高远眺，只见金风飒飒，穷阴凝闭，楚云相结，一片惨淡景象。前一句开首用"丹阳城南"，后一句用"丹阳城北"，形成一种回环往复的节奏感，仿佛能看见诗人引颈相望，饱览丹阳城秋景的身影。

次句写得独出心裁："高楼送客不能醉，寂寂寒江明月心。"在高楼之上为人饯别不能尽情饮酒至酩酊大醉。这寒江岑寂，一轮孤月悬空。我将愁心寄予明月，伴随着好友直到天涯海角。

读完不禁要问：为何不能醉？"劝君更尽一杯酒，西出阳关无故人"，在饯别之时劝酒是常见的事儿，酒杯中盛满的何止有清酒，更是说不完道不尽的绵绵友情。但诗人却反其道而行之，放言"不能醉"。或许是想着一别经年，恐不能再见，即便面前美酒千钟，但忧虑着自己与好友日后的前途命运，诗人难以下咽。"不能"字乃力不从心，或许是不忍在友人面前忘情而醉，最终草草送别，不能亲自目送好友离去的背影，留下遗憾，"不能"乃克己之欲。

"我寄愁心与明月，随风直到夜郎西"。寒江寂寂，沉默地奔涌向东。孤月悬天，诗人举头相望，万般哀情，尽随明月。这两句婉致深沉，含蓄蕴藉，读来回味而甘，久久不散。

绝句四首·其一

唐·杜甫

堂西长笋别开门，堑北行椒却背村①。
梅熟许同朱老吃，松高拟对阮生论②。

注释

①堑：深沟。行椒：一行行椒树。②朱老、阮生：诗人在草堂定居时结识的朋友，后以朱老阮生比喻普通邻居与朋友。拟：此处指希望、想要。

赏析

此诗作于诗人定居于成都郭外草堂之时。这首小诗写得清丽流畅，没有一处用典，几乎全篇白话，写的也非咏古讽今之事、忧国怀民之情，读来更觉平淡之中流露出一股宁静自在之感。

"堂西长笋别开门，堑北行椒却背村"，诗人在首句描写了两种植物迅猛生长——草堂西侧的竹笋在暮春长得很高，挡住了西边的门；沟中生满了一排排椒树，枝繁叶茂，隔开了邻村。表面上诗人是在写笋、椒生长，实际他在记录着时光的流逝。冬去春来，日子一天一天流逝，他在草堂居住的光阴也不住地流逝着，这迢迢如水声的光景，便是见证笋、椒抽枝发芽的刻度，也是见证诗人在此安放身心的刻度。静中寓动，以动衬静，一切都在宁静地成长，从战争的疮痍中恢复过来，逐渐融入生活，融入自由的现在。

"梅熟许同朱老吃，松高拟对阮生论"，诗人看着郁郁葱葱的笋与椒，想着初夏便要到了，梅子也要熟了，寒松挺过一个严冬，在春日里长出新叶，如今入夏，恐怕也要长高数尺了。"草堂无主，苔藓侵入了屐痕。那四树小松，客中殷勤所手栽，该已高过人顶了？"或许此处的"松"便是杜甫当年亲手所栽。此时的杜甫，暂时远离了烽火狼烟、遍野饿殍，也还未如后来一般沦落江湖，四处漂流。他安安静静地隐居在草堂，依靠着故人的"禄米"度日。纵览杜甫的一生，也只有此刻的他能想着"梅熟许同朱老吃，松高拟对阮生论"——待到梅子黄时，我便唤来朱老，与他同食；等到松树长高，我便与阮生在松荫下侃天论地。

这首小诗每一句都含有一种植物，一种生在眼前，一种盘桓在未来。于是，这首小诗的内涵被巧妙地扩大——过去、现在、未来，时空在此处得到极好的融合。一以贯之的，乃是一种经历过挫折的宁静。这种宁静，从生活中淌来，也在诗人的美好希冀中淌向未来。

长相思·一重山

五代·李煜

一重山①，两重山。山远天高烟水寒，相思枫叶丹②。
菊花开，菊花残。塞雁高飞人未还③，一帘风月闲④。

注释

①重：量词。②丹：红。③塞雁：塞外的大雁。④风月：风声与月色。

赏析

这是一首摹写思妇怀远的小词，当是南唐李后主早期养尊处优之时的作品。那时的李后主还未国破家亡，未沦为阶下囚，他在宫中吟诗作对，睡倒风花雪月之中。这个时期的词往往语言清丽，自然流露，笔尖还不带国仇家恨。这首小词便是其中代表。

词以"一重山，两重山"开首，仿佛可见远山如黛，一重、两重，向远处伸展，仿佛能见思妇的目光也是越过一重山、两重山，望向征人戍守的边关。词人以"山远天高烟水寒，相思枫叶丹"为上阕作结，顿时勾勒出思妇在等待中的淡淡忧愁。"山高水远"乃指路途遥远，无法相见；"烟水寒"则写思妇愁绪满怀，只觉波上寒烟也如自己心头伤悲一般，弥漫着淡薄凉气。相思的日子被一寸一寸地推入往昔，蓦然回首，发觉已入深秋，红叶染霜。

下阕以"菊花残"开首，更深一层地渲染了暮秋时节的凄冷景象。一切景语皆情语，花的凋零，象征着思妇在日复一日的等待中鸦鬓染霜，红颜将萎，也暗指她的心在光阴中被消磨，不复当初。"塞雁高飞人未还"，读到此处才明白，她所等的乃是戍边征夫。眼见那塞北的大雁高飞入云，已然归来，征人却无半点音讯，更别提还家相聚了。词人以"一帘风月闲"为全文作结——只见那秋风扑在帘子上，一点明月窥人，人未寝。"人生自是有情痴，此恨不关风与月"可为"风月闲"最好的注脚。西风飒飒，寒气入骨，孤月悬空，清冷无声。等待的人在帘后，冷暖自知。

容紫袍袖垂，到了时辰，她们引着文武百官步入殿中，列于御座之前。"紫袖垂"自显皇家气派的肃穆；"引朝仪"可见百官"鱼贯列"之态，都颇有秩序。"香飘合殿春风转，花覆千官淑景移"，首联写事，颔联写景。殿内被春风送进一阵花香，春阳中百花争艳，照耀着紫袍朱服的官员向殿内步入。若是说首联为近景特写，颔联便是远景，画面切换感十分强烈。"春风"不单是年新之东风，更是时新之东风。安史之乱结束，满目疮痍，唐朝在肃宗的治理下，虽不能说百废俱兴，至少也是政通人和。这一阵春风，让整个大唐都缓慢地恢复过来。花不仅是春日之花，更是指这些国家栋梁和辅弼之臣。

"昼漏希闻高阁报，天颜有喜近臣知"，颈联颇为人称道。诗人作为左拾遗，受到恩宠与重用，自然春风得意。"昼漏希闻高阁报"，为何难以听见高阁报昼漏？因为诗人是近臣，是揣度皇帝心意，关心国政大事的人。他心怀的不是高阁报时，是国君与百姓。"天颜有喜近臣知"颇耐人咂摸。《唐诗镜》评此句："'天颜有喜近臣知'，无限恩幸，有味外味。"更多诗评家将其视作"得体"。臣通君意，在封建社会，颇为人称道的。

"宫中每出归东省，会送夔龙集凤池"，颈联写上朝之时，尾联写退朝之后。从殿中出来回到门下省，有时还会同其他官员一同被送到凤凰池，赏景散心。这一句也是写"近臣"待遇，为皇帝分忧治理国家，是为人牧；不时会受到额外的恩宠，进得禁苑一观凤凰池美景。

这首诗按照时间顺序，描写上朝之前、上朝之时、退朝之后，将大唐政治清明、繁荣昌盛的景象写了出来，更体现了诗人对君主尽心尽责的辅佐。

凤求凰

汉·司马相如

凤兮凤兮归故乡，遨游四海求其凰。

时未遇兮无所将，何悟今兮升斯堂！

有艳淑女在闺房，室迩人遐毒我肠①。

何缘交颈为鸳鸯，胡颉颃兮共翱翔②！

凰兮凰兮从我栖，得托孳尾永为妃③。

交情通意心和谐，中夜相从知者谁④？

双翼俱起翻高飞，无感我思使余悲。

注释

①迩：近。遐：远。毒我肠：使我悲伤不已。②颉颃：形容鸟上下翻飞的样子。③孳尾：动物交配繁殖，交尾。这里指哺育后代。妃：配偶。④中夜：半夜。

赏析

司马相如与卓文君的爱情佳话引得后世不少文人钦羡与遐想。这首伪托司马相如的《凤求凰》便是其一。相传司马相如以琴挑文君，所唱的便是这一首《凤求凰》，表达自己的思慕之情与永结为好的渴望。

诗人以凤凰为比，有这样几个原因：

其一，凤凰为鸟中之王。诗人以此作比，可见他的自矜与傲然。将卓文君比作"凰"，更是对卓文君美貌才情的赞美，认为两人足以相配。

其二，古人以鸾凤和鸣比喻夫妻恩爱，此处也是体现司马相如对自己与卓文君日后生活的美好希冀。

其三，"箫韶九成，凤凰来仪"，凤凰是懂得音韵的灵鸟，古时便有秦穆公之女弄玉与丈夫萧史吹箫引凤的传说，弄玉夫妇最终乘凤而去，留下千古佳话。在李贺的"秦妃卷帘北窗晓，窗前植桐青凤小"中也可一窥传说之美。这里更是说卓文君乃司马相如之知音。

这首诗写得直白热烈、炽热奔放——"凤兮凤兮归故乡，遨游四海求其凰。时未遇兮无所将，何悟今兮升斯堂！"首句以凤求凰兴，凤啊归于故乡，遨游四海寻觅其凰。时运乖蹇，未能相逢，怎会想到今日入得堂前见到了你。

"有艳淑女在闺房，室迩人遐毒我肠"，窈窕淑女，容光艳丽，身处闺房。可惜闺房人难近，让我肝肠寸断。"何缘交颈为鸳鸯，胡颉颃兮共翱翔！凰兮凰兮从我栖，得托孳尾永为妃"，诗人对佳人道出心声：在天愿为比翼鸟，在地愿为连理枝，自今而后，无论富贵贫贱，无论安定流离，我都希望你能在我身边，为我生儿育女，与我同行，不离不弃。

"交情通意心和谐，中夜相从知者谁？双翼俱起翻高飞，无感我思使余悲"，最后两句甚至提出私奔的邀请——若是你与我心意相通，便于夜半时分，同我远走高飞，不会为人知晓。

最后，我们仿佛能看见司马相如携文君之手潜出卓府，像是凤与凰翅羽相交，缠绵而上，隐没于夜色中，留下经久不绝的传说。

咏怀古迹五首·其五

唐·杜甫

诸葛大名垂宇宙，宗臣遗像肃清高①。

三分割据纡筹策②，万古云霄一羽毛。

伯仲之间见伊吕③，指挥若定失萧曹④。

运移汉祚终难复⑤，志决身歼军务劳。

注释

①宗臣：人所敬仰的大臣。《汉书·萧何曹参传赞》云："唯何、参擅功名，位冠群臣，声施后世，为一代之宗臣。"②纡（yū）：屈曲，回旋。③伊吕：伊尹和吕尚，分别为商和周的名臣。④萧曹：汉初名臣萧何和曹参。⑤祚（zuò）：皇位。

赏析

此诗是《咏怀古迹》第五首，以诸葛孔明为题。

清人周亮工引钱谦益注云："张辅《葛乐优劣论》：'孔明殆将与伊、吕争俦，岂徒乐毅为伍。'后魏崔浩著论，'亮不能为萧、曹亚匹，谓陈寿贬亮，非为失实。'公此诗以伊、吕相提而论，乃伸张辅之说而抑崔浩之党陈寿也。"此说虽不尽确，亦可作此诗一背景资料看。

"诸葛大名垂宇宙，宗臣遗像肃清高"，首联壁立千仞，奇情雄放，"诸葛大名"千秋不朽。老杜从遗像入手，追想一代宗臣平生事业，敬慕之情，崛起笔端。

"三分割据纡筹策，万古云霄一羽毛"，颔联以孔明功业入笔，隆中一对，便定下天下三分，孔明有大志，乃在一统天下，屈于一隅，终非其凤愿，"万古云霄"，仅雄凤一羽耳。议论入情入理，摄事不偏不颇，自是老杜过人处。

"伯仲之间见伊吕，指挥若定失萧曹"，颈联从孔明才智写起，孔明才智人品在伊尹、吕尚之间，而其临事从容，指挥若定，可使萧何、曹参失色。

杜甫推崇孔明，由此可略见一斑。《唐宋诗醇》引宋人刘克庄语云："卧龙没已千载，而有志世道者，皆以三代之佐许之。此诗俦之伊、吕伯仲间，而以萧曹为不足道，此论皆自子美发之。"

"运移汉祚终难复，志决身歼军务劳"，汉家气数已尽，孔明"鞠躬尽瘁，死而后已"，"志决身歼"一语含无穷感慨，英雄平生之志未遂，令人痛惜。

杜甫此诗，身心肝胆俱入其中，故能回肠荡气，传诵千古。全诗以事实承议论，处处含情，有如大江怒潮，翻卷跌宕，势重气足，激越千古。

炙手可热

唐玄宗李隆基年轻时励精图治，将唐王朝一手推向了盛世巅峰，可当他任用李林甫为丞相后政治开始腐败。745年，唐玄宗封杨玉环为贵妃，此后，他纵情声色，奢侈荒淫，朝政一塌糊涂。杨贵妃有个堂兄叫杨钊，因杨贵妃得宠，杨钊也平步青云，做了御史，唐玄宗还赐名"国忠"。李林甫死后，唐玄宗任命杨国忠做丞相，朝廷政事全权由他处理。一时之间，杨家兄妹权势熏天，结党营私，把整个朝廷搞得乌烟瘴气，不久便爆发安史之乱。

753年三月，杨贵妃在曲江边踏春设宴，轰动一时。诗人杜甫对杨家兄妹这种只图自己享乐，不管人民死活的行为极为愤慨，于是写下了著名的《丽人行》一诗，大胆揭露、深刻讽刺杨家兄妹显赫的权势和奢侈的生活。"炙手可热势绝伦，慎莫近前丞相嗔"描写的正是这一幕，意思是杨家权重位高，势焰大的人，没有人能与之相比；你千万不要走近前去，以免惹得丞相发怒生气。而"炙手可热"一词由此被世人铭记。

嫦娥

唐·李商隐

云母屏风烛影深^①，长河渐落晓星沉^②。
嫦娥应悔偷灵药，碧海青天夜夜心。

注释

①云母屏风：镶嵌着云母的屏风。这里指嫦娥孤身处于月宫，漫漫长夜，只有屏风和烛光相伴。②长河渐落晓星沉：银河西斜，晨星也将隐没，又一个冷清孤寂的夜晚过去了。

赏析

本诗承袭了李商隐诗作中一贯的含蓄与感伤，清冷与孤高。且不论诗作之中的主人公究竟是谁，但看那明澈缥缈的景色描写与嫦娥偷仙药升天的典故，便能体会出诗人不经意间流露出的虽生于凡尘却不甘于尘世的遗世独立的寂寞感。

本诗首二句虽并未详细交代深夜未眠独对星河的主人公究竟是谁，但于精巧的语言编织成的景色之中，确乎是能窥见主人公心中的涟漪：夜渐深之时，月凉如水，万籁俱寂，主人公此时却难以入眠，只起身于床上枯坐，身旁一豆灯火相伴，将身影映射在了云母屏风之上，影子伴随着火苗的跳跃摇摇晃晃、模模糊糊，仿佛这纷乱世道，混沌，而让人难以苟同。这种世人皆醉我独醒的清醒固然是好的，可随之而来的，却是无尽的忧虑，孤独，甚至于外人颇有些看不上眼的清高，在黑夜之中渐渐发酵成酸涩而胀痛的情绪，无处纾解，只得透过面前那一扇小小的窗，望向外面的星空。此时大概是将近于黎明了吧，银河渐垂倾落，启明星也渐渐沉入墨色的天空之中，又是一个寒凉的、寂寞无孔不入的夜晚。简简单单的对于景色的描写，却是将主人公周身萦绕着的挥之不去的遗世独立的清高孤寂淋漓尽致地渲染了出来。

上二句为写景，以景入情，后二句则为含蓄的抒情，借由嫦娥偷灵药独自升天的典故，表现了主人公内心幽微难言的孤独寂寞之感：想当年，后羿向西王母请不死药后返回家中，嫦娥因好奇偷吃不死药而飞天，并躲至月宫，独栖于广寒宫之中，从此独对朗月青天，看着千百年来这人世间海水涨潮又落下，看着这周围日复一日的日月交替、星光不灭，体会着与长生不死相对应着的高处不胜寒的孤独与寂寞，她大概也是会后悔自己曾经偷走灵药的决定的吧。句中一"应"字，便可知为诗中主人公的推测，可这样的推测之中却又是满满的笃定。大抵是孤独惯了，只能于神话之中找到与自己一般的人，默默地品味其中人物与自己相似的寂寞，这似乎已经是这世间能够找到的唯一的共情与安慰了。

本诗之中诗人并未直接抒发自己的感情，而是另辟蹊径，塑造了诗中清高孤寂的主人公形象，并借以嫦娥偷仙药奔月，独守广寒宫的典故，表现了诗中主人公的孤寂清冷之况味。但作者自己又何尝不是如此呢？牛李党争，宦官当权，皇权旁落，潜在的危机四伏却并没有让世人有所察觉，唯有作者冷眼旁观，不愿于淤泥之中苦苦挣扎，便只得在无人理解之中消磨自己的时光，将自己打磨成为一块绝色的玉，清冷、孤独而寂寞。

哭晁卿衡

唐·李白

日本晁卿辞帝都①，征帆一片绕蓬壶②。
明月不归沉碧海③，白云愁色满苍梧④。

注释

①晁卿：晁衡，原名为阿倍仲麻吕，日本遣唐使。②蓬壶：蓬莱山与方壶山，传说中东海上的两座仙山。③沉：沉没。④苍梧：本为舜死之地九嶷山，此诗中指传说中东海里的郁州山。

赏析

晁衡乘船归国的途中，被误传没于风浪之中，命归九泉。李白闻之，悲恸难当，长歌当哭，悼念他的好友。虽是因谣言而作，却感情真挚，读来让人感动不已。

"日本晁卿辞帝都"，首句叙事，在悲痛之中显得尤其克制。日本——点明国籍，虽不为一国人，亦不侍同一主，可志趣相投的李白与晁衡却跨越了国籍的桎梏，表现出真挚的友情。日本遣唐使晁卿衡辞别帝都，归往故土。

"征帆一片绕蓬壶"，第二句隐隐透露出不祥之感。远征的船帆绕蓬莱方壶而行，以"一片"形容"征帆"，显得桅杆易折，船小易没。蓬莱方壶乃传说中的仙山，诗人将想象的目光投得格外远，在烟波浩渺的大洋中，神山若隐若现，事出反常必有妖，看似祥瑞的仙山，也正是暗含着死亡的弦音。

"明月不归沉碧海"，诗人将晁卿比作"明月"，可见晁卿的品性高洁，与诗人心意契合，颇为诗人所欣赏。那如明月一般的晁卿最终没有回到久别的故土，而是在风浪中长眠于海底。

"白云愁色满苍梧"，诗人将悲痛之意寄托于悠悠白云，白云仿佛也露出了悲愁之色，弥漫在东海的苍梧山上。此处景虚情实，赋予白云以人的情感，读来只觉境界晶莹剔透，一片澄明。

诗人并没有长篇大论地回忆自己与晁卿相交的往事，而是将自己的感情融进了四个短促的镜头——晁卿离京、征帆远行、明月沉海、云漫苍梧，虽无实景，却处处都是实情。读来不禁让人潸然泪下。

绝句六首·其六

唐·杜甫

江动月移石①，溪虚云傍花②。
鸟栖知故道③，帆过宿谁家。

注释

①江动：江水涌动。②溪虚：小溪若隐若现。③知：记得。故道：旧时的道路。

赏析

此诗当为杜甫复归草堂时所作。绝句六首，首首写草堂之景，其六摹写春夜江景。这首小诗词句奇崛，细细品来诗中景恍如眼见，甚为奇特。

"江动月移石，溪虚云傍花"，这两句对仗工整，动词用得尤为出人意料。江水在月华笼罩中静静地流动，月影慢慢滑过岩石表面，像是流水一般淌走。此处诗人用了"移"字，实为月移于石，仔细思索，便觉十分贴切。溪水细波上闪耀着粼粼月光，使得溪水若隐若现，仿佛要化进夜色中一般。溪中蒸腾的雾气缭绕在春花之旁，诗人别出心裁地用了"傍"

字，将烟云缱绻曼丽的姿态写得格外动人，仿佛娉娉袅袅的美人倚花而坐。馥郁花香融进懒倦烟雾中，熏得人昏昏而醉。诗人以江、月、石、溪、云、花的意象组合出一幅春江花月夜的画卷，言外之意，画外之景，无不令人遐想不已。

"鸟栖知故道，帆过宿谁家"，鸟儿择枝而栖，记得原来停留的地方，一片征帆悠悠荡荡，不知道停宿在谁的家中。由于诗人乃"复归"草堂而作，我们不难猜出所谓"知故道"之鸟，与其是随意为之，不若说乃是故意为之。栖鸟也是诗人本身。回到草堂，他所念的乃是故居旧地，即便分别多年，这里的一草一木，一花一景，均深深印在诗人脑海中，便像这"知故道"的鸟儿一般。征帆也是照应着他漂泊的岁月。"宿谁家"之问，是诗人问向自己——接下来的时日或许还是免不了漂泊沦落，那时便不知自己将会在何处安身了。

虽为春夜之景，却非融融之情，更多的还是对未卜命运的叩问与探寻。

凤凰台上忆吹箫·寸寸微云

清·贺双卿

寸寸微云，丝丝残照，有无明灭难消①。正断魂魂断，闪闪摇摇。望望山山水水，人去去，隐隐迢迢②。从今后，酸酸楚楚，只似今宵。

青遥。问天不应，看小小双卿，袅袅无聊③。更见谁谁见，谁痛花娇？谁望欢欢喜喜，偷素粉，写写描描？谁还管，生生世世，夜夜朝朝。

注释

①明灭：时隐时现，忽明忽暗。词人以此暗示自己的命运。②迢迢：形容遥远，也指时间漫长。③袅袅：形容细长柔软的东西随风摇摆。这里指词人不能为自己的命运做主，只能任人摆布。

赏析

贺双卿（1715～1735），字秋碧，清代康熙、雍正年间的女词人。贺双卿自幼天资聪颖，不但长于女红，而且工于诗词。然而天妒红颜，她十八岁时在叔父的安排下嫁到了金坛周家。丈夫粗暴不堪，婆婆刁蛮泼辣，性格懦弱的双卿备受摧残，在遭受身体与精神的双重折磨下，双卿不久就因病而逝，留下了一段凄婉的故事让后人感叹。

贺双卿的词作哀婉凄怨，缠绵悱恻，很少引用典故却能展现女性的灵动，遣词造句间无不流露出真情实感，因此被称为"清代第一女词人"。

这首词是贺双卿送别邻家女伴韩西时所做，从词中可以看出，与韩西的分别使得双卿彻底陷入了绝望的深渊。

首句"寸寸微云，丝丝残照，有无明灭难消"是双卿在病中对于景物的特殊感受，不禁让人感觉到双卿的身体已经日渐衰弱，生命之火即将熄灭。

"正断魂魂断，闪闪摇摇"写出了饱受病魔折磨的双卿已经是神魂消断，好友的离去更让她感觉到世事的悲凉。

"望望山山水水，人去去，隐隐迢迢"一句描写了好友已经离开，双卿依然在痴痴地凝望，那无情的山水将好友的身影彻底隔断，什么时候还能见到这知心的友人呢？

"从今后，酸酸楚楚，只似今宵"则写尽了词人心中的无奈，好友还是离开了，剩下的只有词人自己心中无尽的酸楚。

"青遥。问天不应，看小小双卿，袅袅无聊"，这一句中的"青遥"二字倾诉了词人真切的悲叹，苍天高高在上，却听不到词人的祈祷，娇弱的双卿只能在百无聊赖中任凭命运的摆布。

　　"更见谁谁见，谁痛花娇？谁望欢欢喜喜，偷素粉，写写描描？谁还管，生生世世，夜夜朝朝"，在词的结尾部分，双卿一连用了三个充满悲愤的反问句，倾诉自己的悲惨人生。这一连串的反问将整首词的情感彻底推向高潮，词在高潮之际突然结束，这种结束有些突兀，可想而知，双卿的悲愤和她那残酷的命运足以让人为之扼腕痛惜了。

　　这首词几乎没有用什么典故，全是用口语娓娓道来，对于感情的表达和双卿内心痛苦的宣泄是如此细腻，加上全词连续用了四十六个叠字，可以说是穷工尽巧，造成了一种回环往复、缠绵悱恻的艺术魅力。

踏歌词四首·其三

唐·刘禹锡

　　新词宛转递相传①，振袖倾鬟风露前②。
　　月落乌啼云雨散，游童陌上拾花钿③。

注释

　　①递相传：轮流传递。②振袖：舞动衣袂。倾鬟：发髻歪斜。③花钿：女子头上的饰物。

赏析

　　《踏歌词》组诗乃是刘禹锡模仿民歌写成的，一组四首，均是描写民间歌舞的场景。诗风既有文人诗的典雅华美，也有民歌的淳朴欢快。这一首小诗描写的是民间男女陌上唱新词的场面，写得饶有趣味。

　　"新词宛转递相传，振袖倾鬟风露前"这两句诗描写歌舞时的情景。青年男女们站在陌上当着风露便放开了歌喉，他们不需词曲，随口唱出的便是新词，可见他们才思之敏捷。歌声一路传递下去，他们舞动着衣袂踏起歌来。这些年轻的男女跳得是如此的酣畅淋漓、忘情忘我，以至于头上的发髻都歪斜到了一边。这个细节尤为重要，此处给狂欢后的"游童拾花钿"做了铺垫。

"月落乌啼云雨散，游童陌上拾花钿"，"月落"二字可见光阴的流逝，狂欢渐渐走向尾声。"乌啼"之声以动衬静，凸显出人群散尽之后阡陌上的岑寂。乌啼之声回荡在歌声散尽的夜空中，眼见东方便要破晓了。"云雨散"三字可见狂欢的尽情尽兴，仿佛还可见青年男女们倦极而散的场景，便如同云雨一样消散而去。最后一句饶有意趣——游玩嬉戏的童子来到阡陌上，捡拾昨天夜里男女们踏歌时遗落的花钿等饰品，这一幕仿佛还在回应着昨夜的踏歌狂欢。尾声袅袅，随着游童们手把着花钿嬉闹而去的身影，踏歌一事终于渐渐散去。

刘禹锡写下这组诗，可见他对民间歌舞以及淳朴热情的对歌男女们的歆慕与赞美。

和贾至舍人《早朝大明宫》之作①

唐·王维

绛帻鸡人报晓筹②，尚衣方进翠云裘③。
九天阊阖开宫殿④，万国衣冠拜冕旒⑤。
日色才临仙掌动⑥，香烟欲傍衮龙浮⑦。
朝罢须裁五色诏⑧，佩声归到凤池头⑨。

注释

①贾至：字幼邻，唐河南洛阳人，时任中书舍人。②绛帻（zé）：汉宿卫士所穿的红色服装，后泛指宫中打更人服装。鸡人：古代报晓之官。晓筹：天亮时的更点。③尚衣：官名，掌管帝王衣服。翠云裘：翠羽编织成云纹之裘。

④阊阖：宫殿的正门。⑤冕旒（miǎn liú）：皇帝的代称。⑥仙掌：指宫扇等东西。⑦衮（gǔn）龙：天子所穿绣龙的法衣。⑧五色诏：用五色纸写成的天子的诏书。⑨凤池：即凤凰池，指中书省。

赏析

　　贾至曾作《早朝大明宫》一诗，王维、杜甫、岑参都有和作，且各具特色，是唐代诗歌中的一段佳话。

　　贾至原诗为："银烛朝天紫陌长，禁城春色晓苍苍。千条弱柳垂青琐，百啭流莺绕建章。剑佩声随玉墀步，衣冠身惹御炉香。共沐恩波凤池上，朝朝染翰侍君王。"王维和作将早朝的气氛渲染得庄严肃穆，别具特色。

　　"绛帻鸡人报晓筹，尚衣方进翠云裘"，诗的首联抓住早朝的两个细节，显示了朝廷的庄严和肃穆，鸡人报晓、尚衣进裘这两个活动也说明了宫中官员各司其职、各尽其责，一切都有条不紊。

　　"九天阊阖开宫殿，万国衣冠拜冕旒"，在宫门迤逦而开的时候，百官和万国使节都拜倒在丹墀之下，山呼万岁，这样的场面足以表现出帝王的尊贵和早朝的宏伟庄严。

　　"日色才临仙掌动，香烟欲傍衮龙浮"，颔联从大处着笔以取威仪，颈联则从小处入手以示尊崇。"日色""香烟"以"临"和"动"作为主线，将帝王的尊贵表现得淋漓尽致，营造了一种皇家特有的雍容华贵的氛围。

　　"朝罢须裁五色诏，佩声归到凤池头"，尾联首先照应了贾至原诗中的"共沐恩波凤池里，朝朝染翰侍君王"，同时也对贾至做了一番赞扬，"佩声"一词，恰以声代指人，使"归"的效果凸显出来。

　　王维此诗虽是和诗，但是只和其意，不和其韵，整体风格雍容华贵，造语富丽堂皇，音韵和谐，充溢着盛唐繁华秀丽的气象。

己亥杂诗·其二十八

清·龚自珍

不是逢人苦誉君①，亦狂亦侠亦温文②。
照人胆似秦时月③，送我情如岭上云④。

注释

①苦誉：在诗中指不住口地赞美。②温文：性格温和，文质彬彬。③秦时月：秦代的月亮。这里指诗人与好友肝胆相照。④岭上云：高岭上的白云。

赏析

龚自珍是清代著名爱国诗人。《己亥杂诗》的组诗共有三百一十五首，记载着诗人的交游、求学、思想感情等内容。这一首便是诗人赞美好友黄蓉石的七言绝句。

"不是逢人苦誉君，亦狂亦侠亦温文"，不是我空口无凭，逢人便不住口地赞美你，而是你实在品行高尚，与我十分相投。你狂放有之，侠义有之，温文尔雅亦有之，令人十分敬佩。"平生不解藏人善，到处逢人说项斯"，诗人与千年前的杨敬之有心灵相通之处。杨敬之夸赞项斯，也是毫不藏掖：我平生不懂得将别人的好藏起来，路上遇见谁，便一刻不停地宣扬着项斯的诗歌尤妙，标格更好。

"照人胆似秦时月，送我情如岭上云"，诗人在末尾两句用了两个比喻，将黄蓉石的仗义豪侠、义薄云天写得尤其生动感人。诗人说，黄君一片赤子之心，将人的肝胆照得通彻，便如秦时明月一般，剔透澄澈。你送与我的情意，便如高岭之上的白云，薄于青天。黄蓉石待人待友的高尚操行可见一斑。诗人用"秦时月""岭上云"作比，可见他对黄蓉石的钦佩程度之高。"秦时月"与"岭上云"皆是极其高洁之物，有超乎世俗的品性，可见诗人对黄蓉石的喜爱已经不加掩饰了。

由此可反观诗人，他既然与黄蓉石这般"亦狂亦侠亦温文"的侠士相交，诗人必是同样的品性，同样是一片赤诚之心。

夜归鹿门歌①

唐·孟浩然

山寺钟鸣昼已昏，渔梁渡头争渡喧。

人随沙岸向江村，余亦乘舟归鹿门。

鹿门月照开烟树，忽到庞公栖隐处②。

岩扉松径长寂寥，唯有幽人自来去。

注释

①鹿门：山名，在今湖北襄樊境内。②庞公：即庞德公，曾隐居于鹿门山，后不知所终。

赏析

这首七言古诗的起首二句写了诗人黄昏之后傍江而行的所见所闻，"山寺钟鸣""渡头争渡"，钟声人声混杂在一起，反衬出山寺的幽静，两相对照之际，含蓄地表达了作者闲淡静雅的神情和潇洒飘逸的襟怀。接下来两句则互文见意，以人归和我归相照应，其中恬然自得之态，溢于文字之间。五六句则写鹿门夜色，月笼烟树之中，庞公旧隐的地方忽然出现。最后以"岩扉松径"点染隐居之地，从而点破隐居的真谛。以"庞公"而自况，在这种环境中，隔绝尘俗，相伴山林，从而沉

一副胸有成竹、淡泊宁静的心态。"万籁收声天地静"一句更是为演奏者的表演做好了铺垫——他气定神闲的神态让人感觉万籁俱寂，所有人皆屏气凝神，只等着他手指拨动琴弦。"玉指冰弦"四字，顿觉清凉之感透骨而出，演奏者的冰肌玉骨、高洁品性，琴弦与演奏者颇有灵性的呼应，均呈现在我们眼前。"未动宫商意已传"，这一句表现出演奏者的技艺高超。琴声未发，气势先行。高山流水的磊落之意，在未动琴弦之时便已传达出来。

上阕并未有写到演奏者的表演，却让我们感受到了他的高洁情操与登堂入室的技艺。下阕则是写表演时与表演后的情景。"悲风流水。写出寥寥千古意"，琴音潺潺流出，有如悲风掠过，流水溅溅，玉指拨弦，泻出春秋代序、千古兴亡之意。词人对琴声的描写虽然只有两处，但却是形神兼备，仿佛能让人听到那虎啸龙吟之声。末尾两句写词人听完演奏之后的反应——"归去无眠。一夜余音在耳边"，回家后一夜无眠，袅袅余音仿佛还萦绕耳边，久久不散。

词人用上阕做足了铺垫，下阕却是略写演奏过程，此种详略处理法颇有技巧，读罢令人回味无穷。

客从远方来

东汉·佚名

客从远方来，遗我一端绮①。
相去万余里，故人心尚尔②。
文采双鸳鸯③，裁为合欢被。
着以长相思，缘以结不解。
以胶投漆中④，谁能别离此？

注释

　　①端：形容布匹的量词。绮：一种丝织品。②尔：如此。③文采：纹饰。④胶、漆：都是极其粘黏之物。

赏析

　　此诗为《古诗十九首》中的一篇。

　　以"客从远方来"开首的诗歌并非只此一首，引出的下文常表达思念之情，由此可见，此乃汉代的一种写作模板，即"客从远方来"总会接"遗我"一二物，此物则是"我"思念的人所送之物。但真有"客从远方来"吗？这不一定。所以，我们可以将此诗看作是妇人怀远之时的幻想。

　　此诗浅白易懂，以"客从远方来，遗我一端绮"开首，引起我们的疑惑：是谁拜托客从远方捎回来一端绮呢？为何他要送这一端绮呢？下一句给出了解答——"相去万余里，故人心尚尔。"此句话可看作是独守空闺的妇人的感叹之语——我与你相隔万余里，还以为你会抛弃旧爱，另寻新欢，或者是毫不念家，不愿归来，想不到你其实还是如同先前一样思念着我，便像我思念着你一般。从妇人的感叹中，我们可以清晰地感知到她的欣喜若狂。

　　"文采双鸳鸯，裁为合欢被"，这一端绮可以做什么呢？心灵手巧的女主人公喜滋滋地思忖着——看到绮上绣着的华丽精致的鸳鸯，她想到一个好主意：将其裁作合欢被。"鸳鸯"在古诗意象中常代表着夫妻恩爱，故人所赠的这一端绮寄托的不仅有挂念，还有相思，这也是女主人公如此欣喜雀跃的缘故。

　　"着以长相思，缘以结不解"，女主人公心思慧巧，她赋予了合欢被更多的情愫：那长长的丝线是对你的思念，那打上的结是希望我们以后像这解不开的结一样长相厮守。到这个地方其实都是女主人公一厢情愿的美好想象，从最后一句话，我们可以清楚地看到。

　　"以胶投漆中，谁能别离此"，若是我们像胶放进漆中，难舍难分，便不会像这样一般分居两地，不得相见了。"别离此"三字如泣如诉。女主人公回到现实，发现自己与"故人"相隔千里，自己却丝毫得不到其音讯，她的悲伤、怨念、痛苦的等待，都在这三个字中被酣畅淋漓地倾诉出来。

上山采蘼芜①

东汉·佚名

上山采蘼芜，下山逢故夫。

长跪问故夫②，新人复何如？

新人虽言好，未若故人姝③。

颜色类相似④，手爪不相如。

新人从门入，故人从阁去⑤。

新人工织缣，故人工织素⑥。

织缣日一匹，织素五丈余。

将缣来比素，新人不如故。

注释

①蘼芜：一种香草，据传可以使妇人多子。②长跪：直身而跪，古人的一种坐姿。③姝：好。这里指纺织技术精炼。④颜色：容貌。⑤阁（gé）：旁门。⑥缣、素：同是白色的织物，素比缣更白，因此也更加值钱。

赏析

《上山采蘼芜》是一首汉代乐府诗，它展现了一个弃妇与故夫相见对话的场景，让我们看到在这样一个有利无爱的家庭中，一个女子是如何被抛弃的，以及那个嫁进的新妇所面临的同样的处境，读来令人心寒至极。

"上山采蘼芜，下山逢故夫"，诗人用短短两句话将事件的地点与开端交代得清清楚楚：女子上山采香草蘼芜，或是为他人而采，或是为自己而采。女子被弃后或许再嫁，为求多子而采蘼芜；抑或被弃后生计难继，遂采蘼芜以维持生计。她下山之时遇见了抛弃自己的前夫。

"长跪问故夫，新人复何如"，或许是见故夫面有愧色，心思灵慧的女子敏锐察觉到故夫对新妇或有不满，便坐下与故夫交谈起来。她也不拐弯抹角，径直问道："你迎娶的新妇怎么样？""新人虽言好，未若故人姝。颜色类相似，手爪不相如。"这两句都是故夫回答的话语。他说：新人容颜虽好，手艺也不错，但终究比不上你的心灵手巧，她与你容颜不相上下，但是纺织的技艺却没有你精熟。这一句话已经可以看出故夫的喜新厌旧了。

"新人从门入，故人从阁去"，这一句女子暗含着哀怨之意，表面上却是冷静克制地叙述：新人从大门被迎进来，旧人却从小门被赶出去。两两对比之下，炎凉之别、悲喜之态，皆清晰地展现在读者面前，让人对女子的悲惨遭遇与被弃的命运从心底感到悲哀。

"新人工织缣，故人工织素。织缣日一匹，织素五丈余。将缣来比素，新人不如故"，最后六句均是故夫回答前妻的话语。他对新人的厌倦并没有直接表现出来，而是用"将缣来比素"这一借口掩盖了过去：新人擅长纺织缣，故人你擅长纺织素；新人一日织缣一匹，故人一日织素五丈（一匹布共四丈）。故夫所言乃是新人所织之布贱且少，而故人所织之布贵且多，从纺织这一点看，新人不如故。此话一出，全诗完结，但我们尤可见女子的冷笑与鄙夷之色，以及对自己遇人不淑的悲伤与感慨。

小寒食舟中作

唐·杜甫

佳辰强饮食犹寒，隐几萧条戴鹖冠①。
春水船如天上坐，老年花似雾中看。
娟娟戏蝶过闲幔②，片片轻鸥下急湍③。
云白山青万余里，愁看直北是长安。

注释

①隐几：依靠着小几。鹖冠：用鹖的羽毛做成的冠，被后世视作隐士所戴之冠。②幔：帷帐。③急湍：险急的流水。

赏析

这首诗是杜甫漂泊潭州（今湖南长沙）时所作，此时距离他去世仅有半年光阴了。垂暮之辞，读来只觉词悲意切，令人隐隐不安。

"佳辰强饮食犹寒，隐几萧条戴鹖冠"，寒食之时，惠风和畅，天清气爽，故被诗人称作"佳辰"。但诗人已经垂垂老矣，气息奄奄了，他在寒食之时饮冷酒，用上了"强"字，可见他进食之艰难，后面更加上"食犹寒"三字：由于寒食到清明三天禁火，冷酒下肚，凉得人一个激灵。诗人依然是无官漂泊之身，他靠着自己爱不离身的乌几，头上戴着隐士常戴的鹖冠，用"萧条"二字，足可见他的落魄萧然之窘况。

"春水船如天上坐，老年花似雾中看。娟娟戏蝶过闲幔，片片轻鸥下急湍"，老杜对景色的描写堪称一绝，这四句都是江山风物之貌，读来让人感觉春日迟迟，万物闲静。诗人乘船行于悠悠春水之上，水天一色，便如行于天上。万里青天澄澈空明，也不过如此了。诗人年迈眼花，看着春花烂漫，便如同隔着蒙蒙雾气相看。这一句颇有自嘲的意味，眼花而导致的"雾中看花"或许还另有一番美感。翩飞嬉戏的娟娟蝴蝶姿态曼妙地掠过垂下的帷幔，轻盈的鸥鸟从急流上方飘然而下。诗人用了"片片"二字形容鸥鸟飞行之态，可谓妙极——鸥鸟随风而舞，便如轻薄的纸张或是羽毛，被风缓缓托起——轻巧之态，犹在眼前。这四句对仗工整，音韵和谐，美感无限。

"云白山青万余里，愁看直北是长安"，虽有如此春景，诗人仍不能忘情，他依然心怀政局动荡的朝廷。诗人举首远望，只见白云悠悠，衬于青山之间。千重山，万重山，山高水长，所望不过长安。"处江湖之远则忧其君"，"愁看"二字真有千钧之力，诗人的飘零江湖、诗人的胸怀故园、诗人的忧君忧民，皆在这满怀愁绪的一"看"中了。

"乘风、乘浪，乘络绎归客的背囊。总有一天，会抵达西北那片雨云下——梦里少年的长安。"余光中先生的《湘逝》最后一段如是说。

赠别二首·其一

唐·杜牧

娉娉袅袅十三余^①，豆蔻梢头二月初^②。
春风十里扬州路，卷上珠帘总不如^③。

注释

①娉娉袅袅：形容女子体态轻盈、美好。②豆蔻：多年生常绿草本植物，其花未开时显得非常丰满，俗称"含胎花"，常用来比喻少女。③"春风"二句：意思是说繁华的扬州城，十里长街有多少红粉佳丽，但都不及这位少女美丽。

赏析

杜牧赠别二首共两首，为诗人为以相好歌妓所作，本诗为两诗中的第一首，其间诗人极尽渲染对比之能事，将歌妓娇俏可爱、青春秀丽、艳压群芳、不似人间的容貌展现得淋漓尽致，让人即便是透过文字，都能够跨过时空的距离，感受到这位姑娘的美艳动人。

本诗开篇首二句即交代了歌妓的年龄与其娉娉婷婷的动人姿态：只见这位歌妓正是十三岁左右的样子，身姿婷婷，婀娜多姿，举手投足不经意间流露出的，尽是娇憨的女儿姿态，宛若二月初时枝头绽开的豆蔻，青涩、稚嫩、娇美，在不经意间一个回眸，似乎就能勾了人的魂魄去了。此二句之中"娉娉袅袅"与"豆蔻梢头"前后映照对称，美女的摇曳身姿与枝头花朵的美好交相辉映，人似花美，花因人艳，美人如花似玉，恍若眼前，当真是精妙独到，信手拈来，极富有张力。

继上二句中对于美人如花般娇美容颜的描绘之后，诗人似乎并不满意于自己的渲染烘托，后二句紧承上二句，将女子与扬州十里路的万千美女将较：扬州路一路绵延十余里，女子众多，集江南女子柔弱秀美者不计其数，入目皆是粉黛颜色，媚容娇笑，尽态极妍。可就是这样的万紫千红，喧天热闹，却也比不上见到你时，珠帘轻卷，发出清脆的撞击声，随即缓缓展露出来你柔美的身姿与俏丽的容颜。纵然这世间女子姣好者千千万万，柔弱的、娇媚的、清纯的、艳丽的，却依旧难以比得上你那张隐藏在珠帘后的，缓缓露出的清隽的脸。

后二句之中，诗人仿佛手中托举着镜头，由扬州路上的诸多美女瞬间转向珠帘后的娇美歌妓，定格、聚焦、缓缓拉近、放慢，以最为虔诚的姿态，给那慢慢卷起的珠帘，以及珠帘后娇美的容颜一个特写，时间在此时仿佛失去了效力，剩下了给诗人、也给我们呈现出的，只有那足以超越时间的美。

有言道"一顾倾人城，再顾倾人国，宁不知倾城与倾国，佳人难再得"，诗人大概就是抱着这样的对于美人，对于美好事物的欣赏而作此诗的吧。全诗俊爽清利，语言空灵清妙，无"美人"二字，无"秀美"之词，却是将歌妓的美展现地如此绝妙，实属难得。

女子年龄雅称

古人将人的一生按年龄分为好几个阶段，每个阶段都有不同的称谓，杜牧诗中的"豆蔻"便是古代对女子年龄的称谓之一。在古代，十岁以下的年龄统称"黄口"，黄口小儿出自此。女孩十二岁称为"金钗之年"，十三岁称为"豆蔻之年"，豆蔻是一种初夏开花的草本植物，以之代指十三岁的女孩。十五岁称"及笄之年"，十五盘发，要用簪子束发，故有此称。十六岁称"碧玉之年"，又称"破瓜之年"，碧玉、破瓜皆谓女子青春妙龄、清新美好的状态。二十岁称"桃李之年"。二十四岁称"花信之年"，三十岁则称"半老徐娘"。

早春忆苏州寄梦得^①

唐·白居易

吴苑四时风景好^②，就中偏好是春天。
霞光曙后殷于火^③，水色晴来嫩似烟。
士女笙歌宜月下，使君金紫称花前^④。
诚知欢乐堪留恋，其奈离乡已四年。

注释

①梦得：唐朝诗人刘禹锡。②吴苑：指代苏州，苏州昔日为吴地。③殷：殷红。④金紫：金印紫绶的略称，借指高官厚爵。

赏析

"上有天堂，下有苏杭"，江南作为一个文化符号，代表着鱼米满仓的富庶，代表着"市列珠玑，户盈罗绮"的豪奢，代表着"春水碧于天，画船听雨眠"的温柔，代表着"满楼红袖招"的风流，其中又以苏杭为最盛。

这首诗描绘的是江南苏州胜景——起首一句"吴苑四时风景好"足见诗人对苏州景致的无限喜爱，无论春花秋月，夏雨冬雪，"四时之景不同，而乐亦无穷也"，诗人流连其中，赞叹连连。紧接着，诗人表明心迹——"就中偏好是春天"四时各有美景，而我独喜欢春天。

领联与颈联均是描摹苏州春景之美的，而切入点不同。如"日出江花红胜火，春来江水绿如蓝"一句，诗人在此处也用了红绿两种极其艳丽的色彩来描绘苏州春色的热闹。殷红的是破晓时分的霞光，如熊熊火焰燃烧在天际，其色泽甚至红过了腾窜的火焰；嫩绿的是晴天下的春水，仿佛像细薄娇嫩的寒烟在阳光下缓缓流淌，足见如蓝碧波的轻盈之态。

领联两句写的是春日之景，颈联写的是春色中人。青年男女不分昼夜外出踏春，白昼固然是"绕金堤、曼衍鱼龙戏，簇娇春罗绮，喧天丝管"，晚上也有"秉烛看花，只为晨曦短。高举蜡薪通夕看"，更多的是繁弦急管，玉人教吹箫。月华流泻，整个一玲珑剔透的世界，士女笙歌不绝，欢唱笑闹，人间盛景莫过于此。前一句写寻常男女，后一句则写高官权贵，使君也不忘与民同乐，身佩金印紫绶，足见其人爵位之高，但他也被苏州春景所吸引，流连于花丛之中。

首联、领联、颈联写尽苏州春景之繁盛，但诗人意不在此，而是话锋一转，将自己与美景及欢闹拉开了距离。我们仿佛可见诗人落寞徘徊于幽静的亭台轩榭，远望着彻夜欢腾的人群，远望着绕衢的绿水里的桨声灯影，黯然思念着家乡，"叹年来踪迹，何事苦淹留？"离家已经四年，纵然是苏州清景无限，仍抵消不了诗人心中对家乡的思念与对亲友的牵挂。

中国人安土重迁，诗人也不例外。前边苏州的好，尽落脚于"其奈离乡已四年"，足见诗人与日俱增的思乡之情，以及家乡在诗人心头的分量。

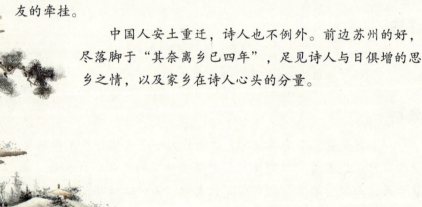

入若耶溪①

南北朝·王籍

榜艎何泛泛②，空水共悠悠。

阴霞生远岫③，阳景逐回流④。

蝉噪林逾静，鸟鸣山更幽。

此地动归念，长年悲倦游。

注释

①若耶溪：水名，在今绍兴市东南。②榜艎：大型船。③阴霞：山南水北称作"阳"，山北水南称作"阴"，此处应为山之北面的霞光。岫：代指峰峦。④景："影"的本字。

赏析

宦游之苦是诗人常在诗中倾吐的情感。许多诗人常在入世与出世中摇摆不定，正如钱锺书先生在《围城》中所说的"里面的人想出来，外面的人想进去"。

并非所有人都像《北山移文》中的"周子"，享受"笼张赵于往图，架卓鲁于前箓，希踪三辅豪，驰声九州牧"的官吏生活，他们常是一面向往着衣紫服朱，兼济天下，一面又向往着逍遥山水，或者是"忍把浮名，换了浅斟低唱"。

这首诗也是作于诗人宦游之时，当时诗人正"除轻车湘东王谘议参军，随府会稽"，常流连于郡中山水，有时"累月不反"。待诗人至若耶溪，遂赋成此诗，而"蝉噪林逾静，鸟鸣山更幽"二句被誉为"文外独绝"。

起首一句写诗人乘坐榜艎泛游中流，"泛泛"二字尽显诗人任船而行，逍遥自在的情态。"空"指天空，"水"为若耶溪。"水随天去"，水天一色，一派澄澈，"悠悠"两字更显得天映水，水映天的空明。水流悠悠向东，白云悠悠落影，营造出闲适幽静的氛围。诗人将目光远放，只见山北面的霞光抹在空中。此处"生"字尤为巧妙，将山遮霞的层次感渲染得尤为动人。诗人再将目光回收，便见余晖粼粼铺于水面，追逐着船尾回流。无论是"生"还是"逐"，都富有极强的动感，万物寓于变化，使其境界更为生动。

颈联二句写尽若耶溪之幽。蝉噪林里，鸟鸣山中，一"逾"一"更"唤醒了人的敏锐的感官，无论是"月出惊山鸟，时鸣春涧中"，还是"万籁此都静，但余钟磬音"，都是此类以动衬静的写法。达到这个效果并非靠这两句的单独营造，而是从首句便开始铺垫。从首句的从小而大，将舴艋托付给悠悠的空水，再细摹远近之景色，将一个幽静辽远的世界和一颗超然世外的心灵呈现于读者眼前。直到颈联，便水到渠成地将这种空辽的境界提升到极致。

在诗的最后，诗人笔锋一转，将感情引回到思乡上来。王籍本是会稽人，他随府会稽，见到家乡山水，自然而然地动了归乡之念。而"悲倦游"可体会作者实是仕途不顺，所以才生此倦念。从欣赏山水回归到思念家乡，颇有后世"举头望明月，低头思故乡"之惆怅。

舟中晓望

唐·孟浩然

挂席东南望①，青山水国遥②。
舳舻争利涉③，来往接风潮。
问我今何去，天台访石桥。
坐看霞色晓，疑是赤城标④。

注释

①挂席：升起风帆。②水国：多水之地。③舳舻：舳为船尾，舻指船头，二者相连意为船只相接相连。涉利：意为宜乘船出行。出自《周易》："利涉大川。"④标：山顶。

赏析

闻一多先生在《唐诗杂论》中一语点破孟浩然的诗歌特点："淡到看不见诗了，才是真正孟浩然的诗。"孟浩然诗中的淡泊悠闲之意，与先辈陶渊明是同出一辙的。诗中况味平淡悠远，没有过多的感情色彩，有些接近于王国维先生所言的"无我之境"。孟诗的这种特点，从《舟中晓望》这首诗中可见一斑。

《舟中晓望》的题目点明了时间与地点——诗人乘船泛于江水之上，于清晨时分出舱远眺，陶醉山水清景之中。于是，升起船帆，东南而行。东南的方向应该为江南地区——杏花春雨江南，是中国的符号，也是古人安放身心的桃花源，这是一次带着期待的远行。青山间的水乡仍然遥远，不可朝发暮至。如闻一多先生所言，孟的诗句是极尽淡泊的，即使水国难以日至，诗人却淡淡描来，既不忧虑，也不焦躁，而是静赏着两岸山水。

颔联写江中景象：利涉大川，千帆竞渡。"舳舻"意为船只首尾相连，可见江中熙攘繁荣的景象。"接"字用得尤其巧妙，船帆兜风的昂扬姿势跃然纸上。一切景语皆情语，诗人心中是无比快意，所以在他看来，所有船只都是一帆风顺的。

颈联用一个问句引出诗人的目的地——"问我今何去"，有人问我往何处去，我回答说前往天台山访石桥。这里问诗人的或许是其他船只上热情开放的商贾或渔人，甚至可以想作是诗人在模想读者询问他的去向。天台山是东南名山，李白曾在《梦游天姥吟留别》中描绘天台山之高："天台一万八千丈。"而石桥更是天台名胜。诗人的语气中充满了喜悦与期待之情，让人忍不住想要和他一道同访天台石桥。

最后一句更是将这种若有若无的喜悦感与快意感推向了高潮，"坐看霞色晓，疑是赤城标"，诗人按捺不住欣喜期待之情，早早便坐在了船头看东方缕缕红霞升起。破晓时分的霞光给他这样的错觉，使他感觉自己已经到达了天台山，望见了赤城山的顶峰了吧。赤城山是天台山的一部分，山中岩石皆为赤色，望之如云霞冉冉。诗人的这一猜想再一次烘托出他对名山胜景的向往。"疑"字有峰回路转之感，让读者的心情随之起伏。

诗人向往名山胜水的隐秘心情在这首诗中反复被刻写，但字里行间还是一如既往的淡泊，不事雕琢，感情全凭心而出，自然流露。

晚春江晴寄友人

唐·韩琮

晚日低霞绮①，晴山远画眉②。

春青河畔草③，不是望乡时④。

注释

①绮：有花纹的丝织品，这里用作形容词，形容霞光之美。②画眉：古时有"小山眉"，以此作比。③春青河畔草：一作"青青河畔草"。④望乡：远望家乡，即为思乡。

赏析

这首小诗写得很有味道，读完令人回味不已。思乡之情本是古典诗歌中常见的情感，无数诗人或登高思乡，如崔颢《黄鹤楼》中的"日暮乡关何处是，烟波江上使人愁"；或远行思乡，如李白《渡荆门送别》中的"仍怜故乡水，万里送行舟"，都是脍炙人口的名句。而诗人毫不逊色地写出了"春青河畔草，不是望乡时"的诗句相应和，也是别有况味。

这首诗的题目点明时间地点及情景——暮春时分，在日落的江边写下这首诗寄给远在千里外的友人。首句自然而然是对暮春江上的风景进行描摹。落日沉山，晚霞万丈，此处用了一个"低"字尤为传神，令人仿佛可见霞光跟随着落日一同下沉的美景，充满了张力与动感。"绮"字形容霞光之绚烂，也是无比贴切。绮面流光，红霞铺展，人工美与天然美合二为一，巧妙契合。"晴山远画眉"一句也是同样的写法，暮色中的山峦如同美人秀美的远山眉，一种朦胧的美感笼罩在诗句上。王观在《送鲍浩然之浙东》中写道："水是眼波横，山是眉峰聚。"一样将山峦比作小山眉，一样地引逗人遐想联翩。

第三句有本作"青青河畔草"，疑此处诗人借鉴了《古诗十九首》中的"青青河畔草，绵绵思远道"，但此处若改作"春青河畔草"则更加巧妙。春天染青了河边嫩草，一路绵绵延伸向远方，与王安石的"春风又绿江南岸"有异曲同工之妙。一个"青"字将春风吹遍、春草初生的动态美描绘得淋漓尽致。

萋萋春草，有送别怀远之意，但诗人却说"不是望乡时"，此处用作反语。说不是思乡的时候，诗外之意却又是思念故土亲友。外事的阻隔，或许是让诗人说出这样话的缘由。无论如何，不言思乡，才见思乡之深、之切、之苦痛。

诉衷情·送春

南宋·万俟咏

一鞭清晓喜还家。宿醉困流霞。夜来小雨新霁①，双燕舞风斜。
山不尽，水无涯。望中赊②。送春滋味，念远情怀③，分付杨花④。

注释

①新霁：雨刚停的样子。②赊：长远。③念远：思念远方的亲人。④分付：付与。

赏析

这是一首新奇轻快的小词，写还家之喜。

题目为"送春"，送春者，不难想到朱淑真的"把酒送春春不语，黄昏却下潇潇雨"，也不难想到欧阳修的"泪眼问花花不语，乱红飞过秋千去"，连秦观极其凄厉的"春去也，飞红万点愁如海"也跃然脑海之中，皆无不是感叹生命流逝、岁月不待的哀愁。而词人此词送春却送得格外轻松，甚至还有些许戏谑之意。

且看上阕，"一鞭清晓喜还家"，顿时知道词人之喜从何而来，与妻儿好友团聚，共享团圆之乐，心中快意万分，哪还顾得上春来春去的身外之景？词人乘着马，"一鞭"二字写尽马蹄轻快，和乘风般的驰骋景象。清晓时分也颇为巧妙——希望刚刚升起的早上，想着正午或日暮便能到家，心中该是如何欣喜？因为喜不自胜，词人在马背上连连饮酒——这也与快要到家可以蒙头大睡有关。"困"用得极好，不仅写出词人饮酒后将醒未醒的迷蒙状态，也写出词人睁开迷离醉眼远望流霞时的朦胧景象。余醉未消，想到昨夜小雨今晓已歇，雨后空气中的清凉溅了词人一脸。翩翩双燕子，在风中飞舞，斜斜掠过了马头，轻盈之态跃然纸上。

下阕写词人回望走过的山一程、水一程，遥遥归家路便要走到尽头了。"望中赊"三字写出词人曾跨过千山万水，风尘仆仆，旅途困顿。但眼见家乡在望，这些辛苦都不算得什么了。最后，词人终于以"送春"二字，将这送春的滋味，这怀乡的念想，统统分付与随风飘扬的杨花，抛到了身后。轻快喜悦之情酣畅淋漓地流露出来。妻儿相偎的团圆前景，何必要拿送春的哀愁来点缀呢？

洞庭秋月行

唐·刘禹锡

洞庭秋月生湖心，层波万顷如熔金。
孤轮徐转光不定，游气濛濛隔寒镜。
是时白露三秋中①，湖平月上天地空。
岳阳楼头暮角绝②，荡漾已过君山东。
山城苍苍夜寂寂③，水月逶迤绕城白④。
荡桨巴童歌竹枝⑤，连樯估客吹羌笛⑥。
势高夜久阴力全，金气肃肃开星躔⑦。

浮云野马归四裔⑧，遥望星斗当中天。

天鸡相呼曙霞出，敛影含光让朝日。

日出喧喧人不闲，夜来清景非人间。

注释

①白露：二十四节气之一。②暮角：暮色之中的号角声。③苍苍：苍茫。④逶迤：流水曲折的样子。⑤巴童：巴，巴东。此处指洞庭湖畔的孩童。竹枝：乐曲名。⑥估客：商人。⑦金气：秋气。星躔：星辰运行的度次。⑧野马：尘埃。四裔：边远地区的代称。

赏析

范仲淹在《岳阳楼记》中写洞庭道："迁客骚人，多会于此。"又说"前人之述备矣"。这首诗作为"前人之述"，写尽洞庭秋月之美，落脚点无非是洞庭"夜来清景非人间"，赞美洞庭湖与秋月相呼应的世外美景。刘禹锡被誉为"诗豪"，其诗俊爽开阔，雄豪之气充斥其间，从这首诗可见一斑。

首句写秋月初生之景——"层波万顷如熔金"，月色广铺水面，层波荡漾，如万顷熔金，极其壮阔。

第二联对明月进行特写。圆月仿佛在徐徐转动，让她散发出来的光芒闪动不定。月被称为"太阴"，而此时有正当秋天，洞庭湖上寒气渐升，与孤月相呼应，一个清冷的琉璃世界便跃然纸上。

第三联再一次描绘那个空阔的世界。作者点明了节气，正当白露。白露之凉，三秋之寒，字面累叠真实感受，让人读来遍体生凉。湖平天地空，渺然如仙境的洞庭之夜如在眼前。

第四联与第五联则写空阔天地中的具体事物——城头画角声已绝，那悠长凄清的角声仿佛随着水波荡漾着流向湖中央的君山。山城在月色笼罩中显得格外苍茫，尤其在这样寂静的长夜中。水映月华，绕着山城流动，仿佛给山城绕上了一条白练。

第六联写月夜中人。在此情景中还未入眠的不只有诗人，还有天真稚嫩的巴童与思乡怀远的贾客。这里以静写动，长夜中飘荡着巴童吟唱的《竹枝词》，回荡着贾客吹出的如泣如诉的羌笛声，将整个阔大的夜的静写得饶有余味。

在第七联与第八联中，诗人放飞思绪，将寂静辽远的月夜与整个宇宙的运转联系在一起，让诗的意境又极大地扩展开。漫漫长夜还在继续，夜愈深，寒气越重，肃肃秋气随着星辰的运转而行。浮云尘埃散向四方，天地空澄，星月当空。诗人的想象驰骋于无限的空间，将人的思绪牵引到极高极远的宇宙中。

最后两联写月隐夜消，日出破晓。天鸡打鸣，日出东方，一轮红日伴随着万丈霞光自东山升起。孤月敛起清光，隐入天幕，让位于朝阳。日出后的洞庭熙熙攘攘，喧闹非常。谁曾想到在这样一幅"天下熙熙，皆为利来；天下攘攘，皆为利往"的景象下，藏着一个非人间所有的寂静月夜。诗人怀想消逝的月夜，颇有遗世独立的意味。

浣溪沙·翦翦猩狌试晚霞

明·夏完淳

翦翦猩狌试晚霞①，斜风轻送七香车②。倚阑低殚鬓云斜③。
难道郎心风外絮，可怜妾命梦中花。月华流恨到天涯④。

注释

①翦翦：形容面貌整齐的样子。猩：红色。②七香车：用多种香木做成的车。③殚：低垂。④月华：月光。

赏析

"如梦如幻月，若即若离花"，李碧华在《胭脂扣》中对如花与十二少下的这一段判词几乎可以用在所有痴情男女身上，它暗示着爱情的难以琢磨，无论是最后两人会不会被岁月所改变，还是对方难以揣测的真实想法，都让爱情蒙上了一层不可捉摸的面纱。这首小词也是描述了这样一种哀怨。

上阕刻画出一个轻盈秀美的美人——只见她"翾翾猩狖试晚霞"，所著之裳有如用晚霞裁成。"试"有"用"之意，美人披着有如用晚霞裁成的衣裳，更加烘托得她恍如仙子一般。

"斜风轻送七香车"据上下文推测应该是女子的情郎乘车而去。"七香车"既是美好的修饰，也暗示着所载之人身份高贵。斜风轻送写得尤为哀婉，仿佛有一阵轻风将情郎吹得远离了自己。情郎走得轻巧，留下女子孑然一身，只能倚栏远眺，目送情郎车后香尘渐散。

"低弹鬓云斜"，女子因为内心悲伤哀怨，低眉沉思自伤起来，发髻也因为她低头的动作而歪斜。这一个小细节的描写，颇有情郎走后无心在意容貌的暗示，也可推测之前的女子是如何盛装打扮，想要留住情郎。

下阕主要是抒情。女子见情郎走后，不由轻轻责问起那个乘车而去的人——"难道郎心风外絮"？这个反问句非是厉声斥责，而是低声埋怨，难道你的心真的如风中的柳絮一般飘忽不定吗，将我一个人抛弃在这里？下一句则是自艾自怜——"可怜妾命梦中花"，女子的韶华转瞬即逝，我就像是梦中的花一样，无根无基，随梦醒而散。这个比喻的新奇之处在于"梦中花"其实作了两层比喻，一层是欢情如梦，一层是妾命如花。当情郎的爱意不再，这个女子便如梦醒时分的花一般凋零了。"此恨绵绵无绝期"，女子将自己的哀怨之情比作月华，想着流遍天涯的月光才能代表自己绵绵无绝期的黯然自伤之情。

白梅

元·王冕

冰雪林中著此身①，不同桃李混芳尘②。

忽然一夜清香发，散作乾坤万里春③。

注 释

①著：在此处意味生长。②不同：与……不一样。芳尘：此处指俗世红尘。③乾坤：天地。

赏 析

　　这是一首描写梅花的著名诗歌，作者为元代著名画家王冕，他极擅画梅花。此诗是他为画所撰的题词。

　　这首诗描写梅花，全文却不见一"梅"字，但无一字不是指向梅花，甚为奇特。

　　首句写白梅生长的环境——冰雪林。在冰峰雪林中，一株梅树傲然生发，与冰雪同存。"著此身"三字有一种梅花自主择地而生的意味，将梅花不畏艰寒的操行在字里行间表现出来。

　　次句将白梅与春花桃李相对比，将梅花塑造成不媚俗、不同流的高士形象——她不和桃李一样，趁着春暖时节开放，而是独独绽放在寒风狂雪中。春来的世界万花争艳，芳尘相混，为诗人所摒弃。"地皆宜避暑，人自要趋炎"，混迹芳尘的桃李好比那些争名夺利的"趋炎"之徒，而白梅则是那淡泊明志、志趣高雅的隐士高人。

仅仅有远俗出尘的姿态还远远不够，更难能可贵的是白梅清香远扬，首为报春。白梅在一夜间盛开，清香散发，清而不媚、香而不俗的气息充斥天地，是为报春第一枝。

"忽然一夜"四字颇有"不鸣则已，一鸣惊人"的意味。前两句写的是梅花的特立独行，卓尔不群，这两句可视作写梅花的才情与美名齐飞，很有些"春来第一枝"的傲骨与霸气。

周敦颐在《爱莲说》中这样写道："予谓菊，花之隐逸者也；牡丹，花之富贵者也；莲，花之君子者也。"所爱之物投射的乃是所爱之人的品性。冰肌玉骨，纯白剔透的白梅也正是诗人自身品性的写照。由此可见，洁身自好、才高名远的诗人对傲骨铮铮、香远益清的梅花倾心也不是什么怪事了。

重寄①

唐·白居易

萧散弓惊雁②，分飞剑化龙③。
悠悠天地内④，不死会相逢。

注释

①重寄：重大的托付。②萧散：潇洒，犹言消逝。③分飞：各行前程。④悠悠：犹言遥远。

赏析

　　这首《重寄》当是送别之作，字里行间充斥的是一种凌云豪气，一种专属于侠客的凌厉豪迈。我们听惯了"青山不改，绿水长流"那种后会有期的豪情，同样在这首诗里以惊人的气势迸发出来——"悠悠天地内，不死会相逢"。

　　首句写的是分离之景——"萧散弓惊雁，分飞剑化龙"，诗人将自己与友人比作惊雁，因为一些不可言说的外部原因而各自分飞了，他又将这次离别比作龙泉太阿化龙一般，字里行间都是勉励与豪迈之情。

　　龙泉太阿是历史上两柄著名的宝剑，传说在西晋时期被张华与雷焕掘出。后因张华遇害，龙泉下落不明，而雷焕的儿子佩戴太阿出行，行至延平津时，太阿跃入水中不见。后有两条龙从水中交缠而出，腾入云层之中消弭了踪迹。"双剑化龙"的典故由此便流传出来。

　　这里其实诗人借此想要表达的是自己与好友便如暂时分别的宝剑一般，总有一日会再次相逢，勉励之意洋溢于字里行间。

　　最后两句更是直抒胸臆的豪壮之词——"悠悠天地内，不死会相逢"，在广阔遥远的天地间，我们只要不死，总有一天会再次见面。诗人将时间与空间限定在"天地内"与"不死"上，将时空扩展到了自己所能把握的极限，这也是为什么这两句诗听起来如此豪迈的原因。诗人奋力挣脱了各种外在阻挠的桎梏，许下了再见之约，其中可能包含的沧桑变故，能使听闻者热泪盈眶。

离思·其二①

唐·元稹

山泉散漫绕阶流，万树桃花映小楼。

闲读道书慵未起②，水晶帘下看梳头。

注释

①离思：离别的思念之情。②道书：道家的著作。慵：懒散。

赏析

　　若是单看诗歌内容，很难猜想到这是一首描绘离思的小诗，并且很可能将其认作描摹贵妇人雅致闲散生活的作品。不过，这样的描写在后世是很常见的，最著名的莫过于温庭筠的《菩萨蛮·小山重叠金明灭》，全词用尽华丽辞藻细细描摹贵族女子晨起梳妆的过程，不厌其烦，但却在最后一句"新帖绣罗襦，双双金鹧鸪"中透露出女子的真实心情，不过是思远怀人。这首小诗也是如此。

　　元稹的笔触很细致，从小楼外景不疾不徐地写进小楼内景。他先将笔墨放在逶迤的山泉水上，"散漫"二字将泉水潺潺漫流的情景写得十分传神。"绕阶"二字将女主人公所居之地引出来，是一个非常用心的镜头特写——泉水溅珠，青石作阶，让人不由想拾级而上、一探究竟。

　　"万树桃花映小楼"写尽无限春色。春风十里，万树桃花落英缤纷，如云蒸霞蔚绚烂无比。但诗人又着一"映"字，将放远的笔触收回来，集聚于"小楼"一点，让这个玲珑的"小"都显得有千钧之重。写到此处，吊足了读者胃口，让人迫不及待地想去一探那个"春风十里扬州路，卷上珠帘总不如"的女子是怎样的惊艳绝世。

　　第三句四两拨千斤，有举重若轻的效果。诗人既没有描写女子清秀绝伦的容貌，也没有描绘她纹饰繁复的锦衣，而是轻轻地将女子读书的慵懒闲态勾勒出来。春光大好，她却还未起床，只是散漫地依靠着床榻，读着道书。一个品性淡泊娴雅的女子形象跃然纸上。作为道具的"道书"暗示着女子非是爱好于此，而是想通过道书推测出爱人该何时

归来，聊以自慰。

与"弄妆梳洗迟"相仿，最后一幕是写女主人公起身梳洗。就这么一个细小的举动，却能让人读出无限况味，女子怀远的哀愁和慵懒的心境，无不从"梳头"这一小动作中体现出来。诗人七窍玲珑心，将"水晶帘"与之相衬，更显得女子玲珑剔透，高洁雅致。

全诗到此终结，哀愁一线，如清泉注入心扉，清凉滋味，久久不绝。

菩萨蛮·朔风吹散三更雪

清·纳兰性德

朔风吹散三更雪^①，倩魂犹恋桃花月。梦好莫催醒，由他好处行。

无端听画角^②，枕畔红冰薄^③。塞马一声嘶^④，残星拂大旗。

注释

①朔风：北风。②画角：号角。③红冰：泪结冰为红冰。④塞马：塞外的战马。

赏析

这是一首梦境与现实水乳交融的词作。词人纳兰容若随军而行，夜半时分，在梦中与爱人相依相偎，无奈画角声惊醒美梦，词人猝然梦断，霍然睁眼，只见天地空阔，残星万里。这首小词无论是写梦中的暖意还是梦醒后的怅然旷远，都显得无比自然清新，颇有些"栩栩然梦蝶，蘧蘧然庄周"的感觉。

首句写梦外，朔风犹言极其凛冽砭骨的北风。塞外雪如沙，狂风卷过，三更夜雪被风吹散去，清冷荒凉之意仿佛能透出纸面。但词人在梦里却是暖暖春意，"恋"字可显其梦境之美好。

桃花初生映月华，花前月下，自是风流之事。梦魂依恋于此，其情其景自可揣摩。词人沉湎于美梦中，兀自轻声祈祷："梦好莫催醒，由他好处行。"就让我这个远离家乡的人长久地沉陷在梦中不要醒来，让我的梦魂在花好月圆时恣意徜徉。可事不遂人愿，画角声凄厉地传来，惊醒了犹在梦乡的词人。"无端"二字饱含说不尽道不完的委屈——无端号角响起，无端幽然梦断，醒来时发现枕边落下的泪已经结成了薄冰。梦境之美好，只能衬托得现世险恶难行，事不如意，这枕边的冰泪便是见证。

但始终限于儿女情长的小心思毕竟不是纳兰容若的全部。梦醒时分，他听见塞外战马长长的嘶鸣声，无尽的寥廓与无尽的寂寞顿时涌上心头。更妙的还是最后一句"残星拂大旗"，可以说前面的倩魂恋月是缠绵的小儿女，此处的残星拂旗便是胸襟豪迈的壮士。残星欲曙，大纛飘扬，一派壮阔，将这首小词的格局拉升了一个层次。

本词将塞外征夫思念家园与妻室的小家之情，及随王远征开疆拓土的大国之情巧妙融合，读来令人回味无穷。

惜牡丹花二首·其二

唐·白居易

寂寞萎红低向雨①，离披破艳散随风②。
晴明落地犹惆怅③，何况飘零泥土中④。

注释

①萎红：枯萎的花。②离披：枯萎凋散的样子。③晴明：天晴之时。④飘零：凋零。

赏析

　　这首小诗浅显易懂，写的是牡丹花凋零于夜雨中的景象。小诗虽然只有二十八个字，却将牡丹花的处境写得极其凄惨可怜，几乎令人不忍卒读。

　　首句用"寂寞"二字开头，奠定了全文黯淡悲惨的感情基调。承受风吹雨淋的牡丹，眼见便要凋零，竟然还是孑然一身地立在雨中，其令人心痛哀叹的情景如在眼前。牡丹已然在时光的流逝中失去了它原本娇艳欲滴的模样，诗人用"萎红"二字形容，更显得牡丹瘦弱憔悴。在大雨的层层压迫下，本为花中之王的牡丹低下了高贵的头颅，顺从地承受着大雨的拍打。"树犹如此，人何以堪"，触景生情，哀痛之意渗透在字里行间。

　　接下来一句则更为惨烈。鲁迅曾说："悲剧是将人生中美好的东西毁灭给人看。"诗人描绘牡丹的花瓣层层脱落，被大风卷起吹散，飘向远方。其中"破艳"二字尤为惊心动魄，"艳"暗示着曾经的花朵是如何的娇美动人，可冠上一"破"字，今不如昔，繁华衰败的喟叹直击人心。

　　诗人在最后两句上哀叹着表达了自己的惋惜和悲痛之情——"晴明落地犹惆怅，何况飘零泥土中"，"何况"二字加重了诗人语气中的怜惜与悲伤，即使在明朗的晴天里，落红坠地都已经令人惆怅难过了，更何况是在风雨如晦的天气里飘零泥泞之中，让本来娇美的花瓣沾染上污浊的泥水呢？

　　诗人在这首小诗中体现出来的不仅是对凋零牡丹的怜悯之情，推而广之，从他的字里行间，我们看到的其实是一种悲天悯人的情怀，为一朵不关己的花的凋逝而哀愁，诗人博爱之胸怀可见一斑。

牧童词

唐·张籍

远牧牛，绕村四面禾黍稠①。

陂中饥乌啄牛背，令我不得戏垄头②。

入陂草多牛散行③，白犊时向芦中鸣。

隔堤吹叶应同伴④，还鼓长鞭三四声。

牛牛食草莫相触，官家截尔头上角。

注释

①禾黍：农作物名称。②垄：高丘。③陂：水边。④吹叶：吹奏叶笛。

赏析

　　这是一首童趣盎然的牧牛诗。诗人全篇以牧童作为叙述者，将一个天真可爱的小牧童形象展现在读者面前，同时让读者跟随着他的步伐感受趣味盎然、优哉游哉的田园生活。

　　首句以"远牧牛"开头，像是一个小小的起调，把读者带入牧童悠闲宁静的生活当中去。牧童将牛赶向远处，一路上只见围绕着村庄的禾黍一片稠密，绿油油的，伸展向远方。这是一幅非常清闲且令人喜悦的风景画，也只有在太平盛世下才会出现这样的百姓安居乐业的场景，田中作物兴荣生长的景象。

　　第二联写出牧童贪玩的天性，他看见饥饿的乌鸦歇在牛背上啄虫，致使牛停下了脚步，不由叫嚷起来："令我不得戏垄头。"要是再这样耽搁，我就没法去高丘顶上玩耍了！隔着纸页，我们仿佛都能听见牧童斥牛的喊声，或看着他驱赶着牛向前去。

　　第三联写放牛时牛悠闲的样子。牛踱步在浅水中，纷纷散开，这边的泡在水中，那边的啃食着嫩草。此时，诗人还贴心地给了一个特写镜头——"白犊时向芦中鸣"，一头白色的小牛犊伸长了脖子，向芦花荡中发出长鸣。这意趣盎然生动活泼的一幕令人不由莞尔。

第四联写牧童玩耍的景象。看着牛散开去，乖乖地吃起了草，牧童也松了一口气，隔着大堤吹响了叶笛，悠扬的笛声远远地传了出去，呼应着对面的伙伴。生怕对方听不见，牧童还甩动驱牛的长鞭，发出三四声响亮的鞭声。到此，一个急切呼唤同伴的贪玩的小牧童形象跃然纸上。

第五联更是点睛之笔，将一次简单的牧牛之事写得跌宕起伏，一波三折，牧童想着嬉戏玩耍的心思在这一联中又遭到了打断。前面是由于"饥乌啄牛背"，这里却是因为"牛角相触"。你瞧，两头牛因为争夺青草而触角相斗起来。这一联以牧童的口吻叫出："牛牛食草莫相触，官家截尔头上角。"你们吃草就吃草，别打起架来了，当心官家把你们头上的牛角截掉！这里牧童对牛喊出了"尔"字，颇有意趣，他显然是将牛群当作了朝夕相处的伙伴，从而有这样的叫法。最后一句"官家截尔头上角"并非实情，更像是充满小心机的恐吓。

这首诗所描绘的人与物，无不是可爱且有趣的，其中所体现的自然与人浑然一体，也让人感到一股融融的暖意和惬意的生活情趣。

社日

唐·王驾

鹅湖山下稻粱肥①，
豚栅鸡栖半掩扉②。
桑柘影斜春社散③，
家家扶得醉人归。

注释

①稻粱：谷物的总称。②豚：猪。扉：门。③春社：祭祀土神的节日庆典，为汉族一种古老节日传统。

赏析

"箫鼓追随春社近，衣冠简朴古风存"，春社是诗中描绘农家之乐的常见题材。在这个春季的节日中，官府和民间都会祭祀土地神，以祈求能有一个丰年，其间有饮酒、分肉、赛会、妇女停针线等活动，是一次民间与官府共同狂欢的庆祝活动。

鹅湖山在今江西，是鱼米丰美之地。首句以鸟瞰视角，描写鹅湖山附近的稻粱丰饶，放眼望过去，一片绿油油的农作物随风摇曳，送来阵阵清香。"稻花香里说丰年"，诗中描绘的定然又是一个丰收之年。这是属于盛世的景象——百姓安居乐业，日出而作，日落而息，安宁祥和。

第二句则是特写，前面是五谷丰登，后面便是六畜兴旺，只见圈中养着白白胖胖的猪仔，鸡坍上歇着大小家鸡。"半掩扉"三字更是契合了《大道之行也》中的"是故谋闭而不兴，盗窃乱贼而不作，故外户而不闭，是谓大同"之意，民风淳朴，才会有"夜不闭户，道不拾遗"的景象出现。这里诗人用一个小小的特写镜头反映出这里质朴尚古的民风。

三、四句讲的是夜晚春社散去的景象，月光洒下，桑柘枝条落下斜影。光影摇晃中，狂欢了一天的春社也要散去了。人影喧动，穿桑拂柘，打破阡陌上的宁静。这时，诗人又给出一个特写——"家家扶得醉人归"，饮社酒有讲究，强调一个"不醉不归"，狂欢的人们毫不在意"农家腊酒浑"，纷纷喝到尽兴而归。

春社与社稷紧紧相连，诗人所歌颂的不仅仅是农家淳朴的民风，也不只是优美惬意的田园生活，更是在歌颂这个太平的天下，这个能够坦荡赤诚的美好社会。

咏史二首·其二

唐·李商隐

历览前贤国与家①，成由勤俭破由奢。
何须琥珀方为枕，岂得真珠始是车②。
运去不逢青海马③，力穷难拔蜀山蛇④。
几人曾预南薰曲⑤，终古苍梧哭翠华⑥。

注释

①历览：纵览。②岂得真珠始是车：真珠，即珍珠。《史记·田敬仲完世家》记载："梁王曰：'寡人国小也，尚有径寸之珠，照车前后各十二乘者十枚。'"③青海马：比喻贤臣。④力穷难拔蜀山蛇：《蜀王本纪》记载，秦献美女于蜀王，蜀王遣五丁力士迎之。还至梓潼，见一大蛇入山穴中，五丁共引之，山崩，五丁皆化为石。此处以蜀山蛇比喻奸佞之臣。⑤南薰曲：即古曲《南风》，此处以《南风》象征大治之世。⑥苍梧：舜葬之地，即九嶷山。翠华：翠华盖，为皇帝的仪仗。

赏析

这首诗作于开成五年（840）正月，即唐文宗去世之时。唐文宗作为一个试图挽回唐朝颓势的统治者，在以身作则提倡勤俭和诛杀专权擅政的宦官上都做出了努力，但最终都以失败告终，临死前他喟叹："受制于家奴。"由此可见唐朝后期宦祸之严重，唐朝衰亡之势已经不可挽回。诗人为了悼念这位励精图治却功败垂成的帝王，写下了这首诗。

首联以"历览前贤国与家，成由勤俭破由奢"开头，看似议论，其实是疑问：纵览前贤国家兴亡之事，立国因为勤俭，破国因为奢侈是常见的事情，可是为什么去奢从简的唐文宗还是不能挽救衰颓的国运呢？

颔联是对唐文宗提倡节俭的描写与赞美：一定要用琥珀来雕刻枕头吗？只有镶嵌珍珠的车才是好车吗？这像是唐文宗对奢靡的臣下的责问，也像是诗人对唐文宗行为的反问：只做到这些就能拯救一个日渐衰微的国家了吗？

诗人在颈联中继续分析原因：想要跨越千山万水，却没能遇上千里马；势单力孤，竭尽全力也难以拔出蜀山夹缝中的大蛇。这里，诗人将贤臣比作青海马，暗示着唐文宗虽有力挽狂澜之志，却没找到能辅佐他的贤臣，最终陷入孤立无援的境地。而他凭一己之力，也难以将根深蒂固的宦官集团连根拔除，反而深受其害，自身难保。

尾联中，诗人沉痛地表达了对唐文宗的悼念之情——"几人曾预南薰曲，终古苍梧哭翠华"。曾经以为那高居九五之尊的帝王会挽救国祚衰微的大唐，以为听见《南风》之曲的时日不远，天下太平指日可待。谁曾想到功败垂成，后人只能对着贤王的坟墓一哭以寄哀情。

诗人哀悼的不仅是受制于人、不得施展抱负的唐文宗，更是整个大势已去的大唐王朝。

八阵图①

唐·杜甫

功盖三分国，名成八阵图。

江流石不转，遗恨失吞吴。

　　诗题既是题目，也是小序，将诗人写这首诗的来由说得比较清楚：杭州牡丹花开的时候，诗人不在此处，而是远在外地。诗人的好友写诗寄来，描绘杭州牡丹绽开的盛景，诗人为了回应好友，也作诗一首，次其韵。首句毫不铺垫，直接抒发自己未能见到牡丹盛放时的美景的惋惜之情。诗人说，我要是因为羞惭而不敢归来，一定是因为错过了牡丹的花期，回来时只能见到成阴结子的牡丹植株了。这句话说得饶有趣味，诗人"羞归"竟然是因为错过了花期，一个爱花成痴的形象跃然纸上。同时也为下文欲年年看花而荷锄归田，向善于养花的人请教种花之术做了很有说服力的铺垫。

　　颔联仍是在哀叹自己错过的这般春景，只有通过友人寄来的诗句才能揣摩杭州的春色是怎样地繁华美好。友人小小的一张信笺，寄托了诗人对春天全部的期望。这话不仅是在赞美友人的文笔一流，更是在赞叹杭州春景独占一家，举世无双。颈联是对过往快意生活的追念——"玉台不见朝酣酒，金缕犹歌空折枝"。当年在宫殿台阶前酣畅饮酒的日子已然是一去不返了，哼唱着劝人珍惜时光的《金缕衣》也无济于事，因为枝头花落，再度攀折也只能空折枝。诗人目送着远去的时光，感叹着岁月不待人。面对仕途的不顺，及催人老去的光阴，诗人并没有像《浣溪沙》中所唱的那样"休将白发唱黄鸡"，而是"从此年年定相见，欲师老圃问樊迟"。他将话题重新引回到错过的牡丹花上，喟叹：以后我倒是能与牡丹一年一见了，我只愿卸下官职，遁隐田园，做一个向善种花者请教的花匠。其消极避世之意可见一斑。

　　像苏轼这般人倒不一定真会辞官种花，他大概是某一天又会"老夫聊发少年狂"，挽弓西北望，"射天狼"呢。

雪梅·其二

南宋·卢梅坡

有梅无雪不精神①，有雪无诗俗了人②。
日暮诗成天又雪③，与梅并作十分春④。

注释

①精神：这里指意趣。②俗：使动用法，使……俗。③雪：这里用作动词，下雪。④并作：一起加起来。

赏析

这首小诗浅白易懂，像是顺口溜，既没有佶屈聱牙的生僻字，也没有掉书袋用的典故，但是它的意境却不输于任何一首描写梅与雪的诗歌。

首句有些"宁可食无肉，不可居无竹。无肉令人瘦，无竹令人俗。人瘦尚可肥，士俗不可医"的调侃意味，梅花盛开却没有白雪相呼应，便缺失了意趣，即使有了风雪相点缀，不作诗便显得俗气。

诗歌本是应运而作，应时而发的，可是到了诗人这里，梅与雪却像是催逼诗人作诗的严师——我们提供了这样的美景，你却全无诗兴，这也太不应景了吧！这种戏谑的语气拉近了读者与诗人之间的距离，读来让人觉得分外亲切。

诗人在末尾两句讲述自己在日暮时分写成了诗，上天像是夸赏他一般，又飘落了纷纷大雪。雪、梅、诗三者全齐，将十分春色带入了人间。

这首小诗之所以意趣盎然，便是由于情与景浑然天成，水乳交融。诗人的情具有主动性，想要参与这风雪傲梅的人间清景中，而不是仅仅做一个旁观者。这样的态度让人忍俊不禁。诗人仿佛是一个稚子，在

天地间逐风捕云，丝毫不在乎自身的渺小与无力。无论是"有雪无诗俗
了人"，还是"日暮诗成天又雪"，他都像是一个天真的孩子，得意地
向人展示着自己的佳作。这种赤子之心，这种物我合一的精神，都是其
他咏梅咏雪诗所不能及的。

蜂

唐·罗隐

不论平地与山尖，无限风光尽被占①。
采得百花成蜜后②，为谁辛苦为谁甜③。

注释

①风光：这里指好风景。占：抢先得到。②百花：犹言花多。③甜：香醇的
蜂蜜。

赏析

这是罗隐非常著名的一首咏物诗。罗隐作为一个"十上不第"的学
子，多次参加科举铩羽而归，心中自然充满了怨愤不平之气。当他看到
田间辛苦劳作的百姓，又结合自身乖蹇的命运，一腔不平之气倾泻纸
上，作出这样一首讽刺不劳而获者的咏物诗来。

他以"蜂"作为歌咏对象，先扬后抑，前两句写辛苦劳作的蜜蜂
穿梭于平地与山尖，春色都被它们占尽了，有花的地方就有蜜蜂的身
影。"不论"与"无限"两个词写出了蜜蜂活动范围广，凸显了它们
的勤劳。这里以蜜蜂比喻劳动人民，"不论平地与山尖"其实可以看
作"春种一粒粟，秋收万颗子"的农民，是怎样为了满足贪得无厌的
统治者而不断开荒拓土，期望能多种一些粮食，在奉养统治者之余能

保证自己的温饱。"无限风光尽被占"写尽了诗人对劳苦大众的赞美与欣赏之情。

此诗欲抑先扬，末尾两句忽来一个转折——"采得百花成蜜后，为谁辛苦为谁甜"，这些勤勤恳恳的蜜蜂采完百花酿成浓稠香甜的蜜后，不禁令人想问：它们是为谁辛苦采蜜，又是为谁酿出这些香醇的蜂蜜呢？一个问题引人陷入沉思。看似是问句，其实是感叹句：压榨百姓血汗的便是那些身居高位的统治者！诗人将所有指责的矛头对准了上层统治者——这些尸位素餐、不劳而获的人。

《诗经·伐檀》中写道："不稼不穑，胡取禾三百囷兮？不狩不猎，胡瞻尔庭有县鹑兮？彼君子兮，不素飧兮！"这是直抒胸臆的痛斥。而诗人则是咏物言志，但诗中的讽刺意味丝毫不减，依然是掷地有声。

汴河曲

唐·李益

汴水东流无限春①，隋家宫阙已成尘②。
行人莫上长堤望，风起杨花愁杀人③。

注释

①汴水：通济渠，为大运河中的一段。②隋家：隋朝杨家。宫阙：宫殿。③愁杀人：令人十分忧愁。

赏析

唐朝诗人常常咏叹湮没在历史尘埃中的隋朝，隋灭亡的前车之鉴犹在眼前，时常让唐人有"后人哀之而不鉴之，亦使后人而复哀后人也"的危机感。这首诗也是如此，诗人站在汴河岸上，远眺东流不息的汴水，写下了这首以古讽今的小诗。

首句写东流的汴水与两岸春景——"汴水东流无限春"，汴河滚滚向东流，两岸春色相照应。"无限春"也是无限的哀思——"隋家宫阙已成尘"。隋炀帝曾大兴土木，搜刮民脂，只为自己一饱眼福。如今，那曾经为看琼花下江南的隋炀帝，那檐牙高啄的煌煌宫宇，那身轻如燕舞于掌中的美人，都已经化作了一抔黄土，随风消散。"国破山河在，城春草木深"，物是人非，山河永寂的凄凉反复在各种诗歌中涌现。千秋万代，国事兴亡，这种悲凉不是属于一朝一代的，而是属于整个华夏民族的。历史的车轮碾过，浪花淘尽英雄，这种亘古的悲壮之情如磐石一样不可动摇。

本来春色是让人欢欣的，可诗人偏偏发出劝阻之言——"行人莫上长堤望，风起杨花愁杀人"，游玩之人不要在那长堤上远望，两岸随风飘扬的杨花能令人悲愁不已。隋炀帝曾在运河两岸种下柳树，只为给游途增加一丝点缀。亡国之后，这些见证过隋炀帝南游，也见证过隋王朝覆灭的柳树自然就成了亡国之景。飘荡于风中的杨花不是暖暖春景，而是一个王朝灭亡的尘埃，其中警戒之意无限深沉。

金陵图①

五代·韦庄

谁谓伤心画不成，画人心逐世人情②。
君看六幅南朝事③，老木寒云满故城④。

注释

①金陵：今南京。②逐：跟随，这里有迎合之意。③南朝：指东吴、东

晋、宋、齐、梁、陈六个曾在金陵建都的朝代。④故城：旧时的都城。

赏析

　　这首诗其实应为画幅题词，画者画了六幅"南朝事"，韦庄为此画题词，在赞叹画者匠心的同时，哀叹了一番六朝衰亡随流水之事。如今画者已不可考，但韦庄的题词仍能让我们一睹当时画师之匠心。

　　诗人首句之反问"谁谓伤心画不成"应是接前人高蟾《金陵晚望》而作。在《金陵晚望》一诗中，高瞻哀叹："曾伴浮云归晚翠，犹陪落日泛秋声。世间无限丹青手，一片伤心画不成。"诗人在这里反说"伤心"能画，如何能画？诗人给出了解释，不能画的只是因为"画人心逐世人情"——画师迎合当权者，迎合世人对金陵金粉之地的刻板印象，粉饰太平，不敢将兴亡之事、世情变幻画出来。但诗人题词的这位画师却不与世同。

　　"君看六幅南朝事"仿佛能看见诗人将画幅展于面前，听见诗人缓声相催：请君瞧一瞧这六幅南朝旧事图，兴亡之意触目皆是——"老木寒云满故城"。落木萧萧，寒云遍天，凄凉凋敝之意弥漫于六朝金粉旧都。最后一句"老木寒云满故城"可谓是点睛之笔，前面三句只是平铺直叙的描写与议论，而这一句则是石破天惊的景语兼情语，直击人心。画中景也是城中景，以"老"著于"木"前，以"寒"著于"云"前，以"故"著于"城"前，凄冷之意扑面而来，盛世式微也不过是这般沾染上千万人悲欢离合的山河之色。

　　诗人不仅是描绘画中之景，更是为统治者敲响警钟——如果不见这前车之鉴，终有一日会重蹈覆辙。

闺人赠远二首·其二

唐·令狐楚

绮席春眠觉①，纱窗晓望迷②。
朦胧残梦里③，犹自在辽西④。

注释

①绮席：制作精美的席子。绮用作修饰。②晓望：清晨时分眺望窗外。
③残梦：还未消散的梦境。④辽西：虚指，代指征人戍守之处。

赏析

思妇诗是中国古典诗歌中常见的题材。女子登楼远望、倚窗思人的孤寂形象不断在各种四言、五言、七言诗中出现。

这首诗不同于以往的思妇诗，其没有《王风·君子于役》中"日之夕矣，羊牛下来"的辽阔粗粝的背景，也没有《子夜吴歌》中的"长安一片月，万户捣衣声"的寂静凄清的氛围，它的情感是婉致幽深的。作者先用工笔细细描写女主人公从起床到远望的动作，以勾起读者的好奇心——窗外春日的气息与晨曦一同钻入屋内，睡意慢慢沉淀下去，华美的绮席上，女子缓缓睁开惺忪睡眼，显然这是一位贵妇人。她撑起身来，隔着纱窗望向院中静悄悄的春光，日色晕染在窗纱上，迷迷蒙蒙，不甚明了。一个"迷"字也透露出女子犹自沉浸在残梦中的幻觉，自然而然引出下面的描写。

朦胧残梦还未如晨雾般消散，她在将梦将醒之间，感觉自己还身在辽西，古典诗歌的含蓄之美由此可见一斑。辽西乃黄沙迷眼、白骨蔽野之地，戍边的将士寄身锋镝，朝夕奔走。而诗中这样一朵人间富贵花为何情愿自己身在险恶的辽西，也不愿待在珠帘锦屏的闺房呢？"君子于役，如之何勿思"，那是因为辽西有她朝思暮想的人啊。

全诗层层铺染，在诗尾方含蓄细致地点出女主人公朦胧入骨的相思，仿佛讲了一个短小动人的故事，读完令人久久回味，难以忘怀。

台城①

唐·刘禹锡

台城六代竞豪华，结绮临春事最奢②。
万户千门成野草③，只缘一曲后庭花④。

注释

①台城：东晋至南朝时期的台省和皇宫所在地，位于国都建康（今南京）城内。尚书台为中央政府的主体，因此"台"被用以代称政府。因尚书台位于宫城之中，因此宫城又被称作"台城"。②结绮临春：陈后主陈叔宝为享乐所建的两座极其奢华的楼阁。③成野草：比喻繁华事散，往昔胜景都化为乌有。④后庭花：《玉树后庭花》，陈后主所作，以娱耳目，后被引为亡国之音。

153

赏析

台城乃是南朝六代都城所在之地，一座城池藏满了湮灭在历史深处的故事。那些金粉红妆，那些东窗密谋，那些烽火硝烟，那些杀伐决断，还有那些生死别离……"眼看他起朱楼，眼看他宴宾客，眼看他楼塌了"，往事随风消散，逝去的一切被刻在了木牍竹简上，被写进了帛绢丝绸中。诗人踏过断壁残垣，回想消逝的一切，写下了这首小诗。

诗人以"台城六代竞豪华"一句起首，写尽了帝王们纵情声色、骄奢淫逸的生活。"竞"字犹妙，帝王们一代更比一代沉沦、放荡的神色恍如就在眼前。这是面的描写。

荒纵的帝王生活到了南朝末达到了高峰——"结绮""临春"是陈后主所建造的两座穷极豪奢的阁楼，据传阁高数丈，并数十间，沉檀香木为窗牖，金玉珠翠相饰，瑰丽珍奇实乃今古未有。陈后主左揽张丽华，右牵龚、孔二嫔，日日淫游，纵情享乐，不图后事。诗人也毫不客气地为其冠上了"最奢"二字。

凡事盛极必衰，但作者没有描述隋军破城而入，擒后主与二妃于井中等事，对其一字不提，而是直接进行今夕对照。"万户千门成野草"一句当真惊心动魄——纸醉金迷的场景早已灰飞烟灭，秦娥吴娃此类红粉已成白骨。"彼黍离离，彼稷之苗"，曩者万户千门，朱阁林立处已是荒草没膝。探其缘由，也只缘一曲《后庭花》。万千风流已被雨打风吹去，亭台楼榭崩塌离析，只因一曲《后庭花》。

"商女不知亡国恨，隔江犹唱后庭花"，《后庭花》非亡国祸水，红粉美色也非祸水，真正的祸水来自帝王统治者们穷奢极欲的内心，华丽无比的水榭楼阁变成废墟正是他们放纵欲望的结果。

借古讽今方是诗家之笔。毋庸置疑，对陈朝覆灭的反思与吟咏也是诗人对当今统治者的劝诫与讽谏——"后人哀之而不鉴之，亦使后人而复哀后人也"，如果不吸取前朝的亡国教训，步其后尘之日将不远矣。

咏王大娘戴竿

唐·刘晏

楼前百戏竞争新①，唯有长竿妙入神②。
谁谓绮罗翻有力③，犹自嫌轻更著人。

注释

①楼前：唐玄宗勤政楼前。百戏：表现杂耍花样之多。②长竿：戴竿杂耍者头上所戴之竿。③绮罗：代指王大娘。翻：反而。

赏析

此诗大意讲述唐玄宗亲临勤政楼，令杂耍者展演绝技，其中教坊王大娘头戴百尺长竿，竿上顶着一座瀛洲状木山，让一个小孩子手持绛节在木山上歌舞。当时诗人刘晏只有十岁，以神童之名为秘书正字。唐玄宗召见他，杨贵妃把他抱坐在膝上，让他据王大娘戴竿此事吟咏一首诗，刘晏才思敏捷，应声而作此诗。

首句是概写，一句话描摹出勤政楼前百戏争新的热闹场景。次句以"唯有"二字凸显出王大娘戴竿技艺的超群不凡，在百般争奇的杂技中脱颖而出。至于她的杂耍技艺是如何精湛奇颖，诗人以不紧不慢的笔调带着我们一步步探索下去。

"谁谓"二字自带惊叹的语气——谁曾想到身着绮罗的女子反而更有气力。此处以"绮罗"代指王大娘，华裳著身与惊人的力量感形成强烈的反差，让人不自主想知晓这王大娘到底有怎样的气力。根据诗下所注，王大娘头戴百尺竿，再挑一座雕工精良的瀛洲仙山状的木山，犹自嫌轻巧，居然让一个小孩子在木山上载歌载舞。能承小孩的木山可见其体形并不玲珑小巧，木山挑在极长的竹竿上，而王大娘只需用头便能顶起，可想而知，王大娘不只是气力过人，技艺也是荦卓超群的。

此诗并不限于赞美一个杂耍艺人，而是用百艺争新的气象展现出盛唐时代"稻米流脂粟米白，公私仓廪俱丰实"的风流与繁华，而那个气力过人的王大娘便是这盛世的一个缩影。

临邛怨

唐·李馀

藕花衫子柳花裙^①，多着沉香慢火熏^②。

惆怅妆成君不见，空教绿绮伴文君^③。

注释

①藕花：莲花。②沉香：一种熏香。③绿绮：汉代司马相如以绿绮奏《凤求凰》挑卓文君。文君：卓文君，临邛富豪卓王孙之女，后与司马相如私奔。

赏析

闺怨诗是中国古典诗词中常见的题材，并且作者多为男子，其内容主要描摹闺中女子寂寞冷清的生活状态，很多时候并非一种病态审美。其实男女之情多有相通之处，女子独守空闺之哀怨、之孤独也是男子某时某刻的心境。"雨打梨花深闭门""梨花满地不开门"……读来惊心动魄，这并非女子被冷落时的专属感情，而是人类永恒的孤独感。

临邛乃是唐代郡县名，为蜀中商业重镇，"不恨归来迟，莫向临邛去"，临邛也是卓文君故居。司马相如当时以琴曲《凤求凰》挑之，卓文君为慰知音之心，夜半出与其私奔，后世多以临邛借喻花柳之地。而此处的临邛为一种更加具体的符号，临邛不再是"蛾儿雪柳黄金缕，笑语盈盈暗香去"的花街柳巷，也不是"出其东门，有女如云"的风流之地，它只是文君的住所，安置着一个寂寞娴静的女子。

"藕花衫子柳花裙"，华裳披身的女子可见是养在深闺的富贵花，颜色淡雅的衫子也凸显其主人幽静贤淑的品性。沉香慢熏，瑞兽吐烟，给予人嗅觉与视觉上的美感。"慢火熏"一词给人以岁月沉静之美。缓慢的光阴实则加深了女主人公心理上的煎熬感。"锦屏人忒看得这韶光贱"，其实非为虚掷光阴，而是等待已久的人长久不归罢了。

"懒起画蛾眉，弄妆梳洗迟"，女为悦己者容，女主人公细细描蛾眉，贴花黄，妆成后却无人欣赏。"怕郎猜道，奴面不如花面好"，女主人公多想牵住郎君的衣袂，轻声问他奴面与花面哪一个更美，也想问"画眉深浅入时无"，惆怅的是那个人此时却不在身边，只让一把绿绮琴徒然陪伴在女主人公身边。当时司马相如便是在绿绮琴上弹奏《凤求凰》，打动了卓文君，可见这把琴承载着郎君与女郎的甜蜜回忆。只是离人不归的空房里，女子只能抚摸着琴身，靠着曩时回忆度过这漫漫时光。

这首诗雅致细腻，通过沉香慢燃的外境烘托，刻画女子妆成的惆怅，以及对绿绮典故的运用，探幽入微，对独守空闺的女子的心境进行层层渲染，读来只觉如清茶入喉，甘苦自知。

杂诗

唐·王维

双燕初命子，五桃新作花。
王昌是东舍[1]，宋玉次西家[2]。
小小能织绮，时时出浣纱[3]。
亲劳使君问[4]，南陌驻香车[5]。

注释

①王昌：古代美男子。②宋玉：先秦楚国时美男子，善属文。③浣纱：洗纱，出自西施浣纱沉鱼的传说。④使君：《陌上桑》中调戏秦罗敷的权贵。这里无贬义。⑤陌：阡陌。

赏析

　　这首诗描写的是一个清秀绝伦的少女。开篇用兴，双燕筑巢新育儿，五桃春日初生花，看似毫不相关的春景描写，实则为烘托出新生的生机感与活泼感，与娉娉袅袅的少女相呼应。王昌乃是魏晋时人，丰神俊朗，宋玉则是先秦楚国人，玉树临风，两位美男子一位住东舍，一位次西家，真乃寻常邻居么？非也。其实"匪来贸丝，来即我谋"，是为了能接近这位少女。宋玉在《登徒子好色赋》中对"东家之子"的美貌如此描述："眉如翠羽，肌如白雪；腰如束素，齿如含贝；嫣然一笑，惑阳城，迷下蔡。"由此可见东家少女容貌绝美，引得追求者环绕其左右。

　　烘托了少女的容颜后，诗人还不吝赞美其心灵手巧，贤淑惠德。她小小年纪便能织绮，时不时帮家人出门去浣纱。"浣纱"典出于西施。西施浣纱，鱼见而沉，为其美貌所惊也。作者在这里又一次不着痕迹地夸赞了少女之秀美。"使君从南来，五马立踟蹰"，《陌上桑》描写了一位采桑的绝色女子。"行者见罗敷，下担捋髭须。少年见罗敷，脱帽着帩头。耕者忘其犁，锄者忘其锄。来归相怨怒，但坐观罗敷。"不仅如此，少女的美貌让使君不惜耽误行程，将香车停驻在南陌，遣派小吏询问。这再一次烘托了少女容色之惊人。

　　全诗并没有对少女的容颜进行正面的工笔细描，而是对其左右环绕的追求者与见其容色的使君进行描写，用十里春色相衬托，层层铺垫，渲染出一个芙蓉为面，幽兰为心的少女形象，让人浮想不已。

咸阳①

唐·李商隐

咸阳宫阙郁嵯峨②，六国楼台艳绮罗③。
自是当时天帝醉，不关秦地有山河。

注释

①咸阳：秦朝故都。②宫阙：宫殿。嵯峨：形容山势高峻，或者形容盛多。这里形容宫殿重重叠叠，高耸入云。③六国：指战国时期的齐国、楚国、燕国、韩国、赵国、魏国，都为秦国所灭。艳绮罗：绮罗艳丽，代指寻欢作乐。

赏析

　　李商隐是一位用典很奇特的诗人，他不关心典故的具体指向，而是使典故为自己的偏向服务，去表达自己幽微的感情，比如"如何四纪为天子，不及卢家有莫愁"，剑走偏锋，不与前人同。此诗也是如此。

　　诗人在开首两句描写秦国故都咸阳往昔宫殿累郁嵯峨，接着又刻画六国也不甘落后，绮罗艳丽，沉迷宴乐。这两句话指向很明确，一点出秦国灭亡是由于大兴土木，不惜民力；二点出六国灭亡也是沉湎享乐，不图后路。这些国家和王朝的灭亡与《阿房宫赋》中所言不差，均是"灭六国者六国也，非秦也。族秦者秦也，非天下也"，并很有些"后人哀之而不鉴之，亦使后人而复哀后人也"的意味。

　　但诗人不落窠臼，在第三句居然毫不理睬先前得出的奢靡亡国的结论，而是写道：自是当时天帝醉。他将秦朝与六国的灭亡均归咎于"天帝醉"，猜想道：定然是当时天帝已醉，不知人间烽火硝烟弥漫，亦不知人间生灵涂炭，因此秦国的兴起不是因为秦国有千里山河，可以养精蓄锐，一一吞并六国。既然秦国不是倚靠山河险峻而崛起，而是趁着"天帝醉"才立下统一天下的丰功伟业，所以秦国灭亡时，也与山河之险毫不相关。

　　诗人的这番言辞可谓是别出心裁，另有见地。人们谈到秦国之兴，也不过是厉兵秣马，变法图强，远交近攻，策略得当，但作者偏偏不这样写，他给兴亡之事抹上了神话的色彩，读来令人惊叹不已。不过，这其实也是诗人的一种讽刺，"天帝醉"之说分明有调侃之意——世人如蝼蚁，兴亡只在天意，表达出对世人穷兵黩武、争权夺利的讽刺。

水槛遣心二首·其一

唐·杜甫

去郭轩楹敞①，无村眺望赊②。

澄江平少岸，幽树晚多花。

细雨鱼儿出，微风燕子斜。

城中十万户③，此地两三家。

注释

①郭：城郭。轩楹：长廊和柱子，指草堂的建筑。②赊：长，远。③城中：指成都城中，杜甫草堂在成都郊外。

赏析

　　诗人在历经安史之乱的颠沛后，终于找到安身之所，"但有故人供禄米，微躯此外又何求"包含着对静谧生活的热爱，诗人写下了这首诗。

　　首联描述了草堂所在位置与周围的环境：去郭轩楹敞，无村眺望赊。远离城郭的陋室显得轩楹宽敞，周遭因为少见村庄而能眺望远方。寥寥几句话将居所的形貌勾勒得历历在目，疏阔之意油然而生。澄江似练，碧水涨潮连岸平，枝繁叶茂的树在夕阳斜晖中招展着满树的花，幽幽清香阵阵传来。一远一近，对仗极其工整。

颈联描写的是春景中生气勃勃的小动物——飒飒细雨点落在江面上，涟漪圈圈荡漾开，鱼儿跃出水面，拨剌作响。"吹面不寒杨柳风"，柔和微风中，燕子斜飞，仿佛被清风托起，在风中翩跹起舞。这两句托物寓情，历来为人称道，尤其是"斜"字，将燕子轻盈如羽毛的形象描摹得入木三分，令人心生欢喜。

尾联将草堂清幽环境与城中相对比，一虚一实——城中千家万户，熙熙攘攘，不胜嘈杂，而此处则是无车马之喧，只有春物春景相伴，周围疏落几户人家，暖暖墟里烟，遥遥相望，再一次由衷赞叹了草堂宁谧自在的生活。

诗人饱经战乱流离之苦，对这样悠然的生活甚为珍惜。不过是几间陋室，寻常春色，却让诗人如此自得地喟叹，两相对比联想之下，苦涩之味顿生。

庚午岁十五夜对月①

唐·齐己

海澄空碧正团圆②，吟想玄宗此夜寒③。
玉兔有情应记得④，西边不见旧长安。

注释

①庚午：天干地支纪年。②海澄：比喻天空像海洋一样澄净。③吟想：沉吟遥想。④玉兔：传说月宫中有玉兔。

赏析

　　从开元盛世跌落到安史之乱，大唐由盛转衰，命途乖蹇。开元盛世由唐玄宗起，安史之乱亦由唐玄宗而起，唐人对唐明皇的感情尤为复杂，不止暗中谴责唐玄宗耽于女色，疏于国事而导致烽燧四起，更对这位亲手缔造盛世却也亲手毁掉它的皇帝感到悲戚。

　　此诗所蕴含的便是这样一种感情——首句诗人仰望月空，"碧海青天"，一望无垠的，如海洋般的夜空中明月正圆，清辉遍野，长空澄澈。在如此琉璃世界中，诗人沉吟，忆起当年唐明皇，如此月圆人不圆的夜晚，唐玄宗该是怎样的孤独寥落？他痛失所爱，也失去了帝王之位，更失去了锦绣河山，这位帝王所承受的痛苦非一般人所能够理解。诗人遥想着唐玄宗的心境，觉得此夜顿时凉气升起，寒意沁骨。

　　诗人发出长叹，也是替唐玄宗感到惋惜——"玉兔有情应记得，西边不见旧长安"，要是广寒宫中的玉兔心有情意，应当记得那场人间惨剧，万里山河破碎，风雨飘摇，凡世白骨蔽野，满目疮痍。物是人非，那个"九天阊阖开宫殿，万国衣冠拜冕旒"的长安已然在狼烟烽火中被铁蹄践踏蹂躏，失却了原来模样。而无论出门向东哭，向西哭，长安却早已陷落，所有人翘首盼望的长安，是梦中再也回不去的地方。这也预示着唐玄宗的命运，再次回到京城，断壁颓垣间，芙蓉面柳叶眉已难再见，被幽禁在禁城内，消磨人生最后的光阴。长安不再，盛世不再。

　　至此，全诗感情委婉曲折地到达了最高潮，读罢，不禁让人悲叹唏嘘不已。

卜居

唐·杜甫

浣花流水水西头，主人为卜林塘幽。

已知出郭少尘事②，更有澄江销客愁。

无数蜻蜓齐上下，一双鸂鶒对沉浮。

东行万里堪乘兴，须向山阴上小舟③。

注释

①卜：择。②出郭：远离城郭。尘事：凡尘俗事。③山阴：典出《世说新语·任诞》，山阴乃王子猷所居之地。

赏析

全篇以"幽"字提纲挈领。无论是从主人择地之幽，还是出郭少尘事之幽，澄江相伴之幽，还是蜻蜓鸂鶒悠游之幽，向山阴探友之幽，都带有一种自在悠闲的情愫。

在浣花溪西头，诗人好友剑南节度使裴冕择地建起草堂，安置诗人及其妻儿。草堂之地远离城郭，远离尘世喧嚣，林潭相间，幽树映粼粼波光，诗人便在此处安放身心，享受片刻的宁谧。颔联写道——诗人便知此处出城郭之外，摒离了一切尘事纷扰，更有似练澄江抚慰诗人背井离乡的客居之愁。仿佛可见诗人临江而立，听着滔滔潮声，任凭愁绪被江声涤荡。

颔联对仗工整，描摹了无数蜻蜓上下翻飞与一对鸂鶒在江面沉浮的景象，一近一远，让人感觉视野开阔，心旷神怡。面对如此怡人之景，诗人忍不住浮想联翩，想着乘船顺流而下，任性而行，向东万里，但须在山阴之地坐上小舟，乘兴而往，尽兴而返。此处用典《世说新语·任诞》篇："王子猷居山阴，夜大雪，眠觉，开室命酌酒，四望皎然。因起彷徨，咏左思《招隐》诗。忽忆戴安道。时戴在剡，即便夜乘小船就之。经宿方至，造门不前而返。人问其故，王曰：'吾本乘兴而行，兴尽而返，何必见戴！'"诗人对这样无拘无束、任诞而为的生活十分向往。

感；荡荡默默，乃不自得。'”这里以黄帝奏乐比喻滔滔潮声，暗合老庄之道，委婉曲折地托出诗人遁世的隐秘想法。

尾联诗人极其自豪地扬言："九死南荒吾不恨，兹游奇绝冠平生。"即使葬身于南荒，我也没有悔恨之意，因为在此处见到的情景是平生难得一见的奇绝之境。这里诗人再一次讽刺了迫害他的政敌们，话里话外尽是戏谑之意，读来令人莞尔。

蒲津河亭

唐·唐彦谦

宿雨清秋霁景澄①，广亭高树向晨兴。
烟横博望乘槎水②，日上文王避雨陵③。
孤棹夷犹期独往④，曲阑愁绝每长凭⑤。
思乡怀古多伤别，况此哀吟意不胜⑥。

注释

①霁景：雨过天晴之景。②乘槎：指乘坐竹、木筏，后用以比喻奉使，也指登天，又比喻为入朝做官。③避雨陵：东崤山和西崤山之间有古道，其两侧高山笔立，可避风雨，传说周文王曾在此处躲避风雨。④孤棹：借代，指诗人独自乘船。夷犹：犹豫不前。⑤长凭：久久凭栏而立。⑥不胜：禁受不住。

赏析

此诗甚为奇特，诗人所要传达的其实是一种孤独的悲哀感，但他却将这种感情具体安插在特定的情境中，一股脑地全灌注在此诗中，无论是仕途不顺，还是思乡情浓，无论是怀古伤今，还是送远伤别，他均在此诗中略微提及，但都未有深入之谈。最终，诗人的情感着落于那种人类永恒的孤独感。

首联描摹宿雨停歇后，清晨时分雨霁天明，秋景澄明之色，读来清凉之意扑面而来。一夜雨歇，清晨远望，只觉秋意凉凉，天地一片澄澈。远望可见广亭旁的高树向着晨光舒展枝叶。此处"兴"字用得格外好，将高树枝柯繁茂、昂立亭旁的姿态刻画得入木三分。

颔联写诗人游历，烟雾横江，诗人远眺奔涌不息的江水，联想这条江曾经载过多少人前往京师，衣紫服朱，飞黄腾达。移步换景，诗人登上传说文王避雨的山陵，一瞻古迹。

前两联写景，后两联抒情。诗人喟叹，自己孑然一身，往往是乘坐着一条孤舟，顺流而下，但此处诗人在舟楫犹疑之时，却用了"期独往"三个字，可见诗人在某种程度上，还是享受着这种独处的。诗人也写道，每当自己心生愁绪之时，就静静地倚靠在曲阑上，一倚便是很长时间。孤身乘舟，独自倚栏，读来孤独感油然而生。

诗人在最后两句为自己的寂寞与愁绪安上了几个名头，无非就是"思乡""怀古""伤别"三样罢了，但这种情绪自始至终都是抽象的，即使被冠上了世俗的理由，这种情绪依然时时叩问着诗人的心，因此，最后，诗人长叹："况此哀吟意不胜。"如这般感伤哀吟，自己当真禁受不住。诗人在最后总算是从这样的情绪中稍有抽离了。

乘槎

晋朝张华《博物志》中记载，旧时传说天河与海相通。有居住在海岛上的人，其好于探究新奇怪异的事物，他备足粮食，乘槎向海上游去。游了有十多天后，抬头还能看见日月星辰，此后便茫茫然如入永夜。他又一直游了十个月有余，才到一处地方，这里城郭俨然，屋舍林立。这人遥遥望见一座宫阙中有一位妇女在织布，还看见一个男子牵着牛在河边饮水。那男子惊奇地问他怎么到这里的，他说明来意，并问这是哪里，男子告诉他回到蜀都问严君平就知道了。此人回到蜀都，问严君平是怎么回事，严君平告诉他某年某月，有客星犯牵牛星。按时间算下来，正是他遇见那个饮牛男子的时候，他才知道自己到了天河，所见正是牛郎织女。后人用"乘槎"比喻奉使，也比喻人朝做官。

漫成一绝①

唐·杜甫

江月去人只数尺②，风灯照夜欲三更③。
沙头宿鹭联拳静④，船尾跳鱼拨剌鸣⑤。

注 释

①漫成：信手写成的。②去人：距离人。③三更：夜分五更，形容夜已深。④宿鹭：屈身而眠的白鹭，联拳：拳通"蜷"，蜷身。联拳，蜷曲着身子。⑤拨剌：鱼跃击水声。

赏 析

　　这是一首极静的小诗，与柳宗元的《江雪》有异曲同工之妙。但此诗的静却有烟火气息，让人感到诗人的内心如江月一般澄净。

　　明月与风灯上下相望，漫无边际的夜色仿佛在此处被破开。大江静水流深，明月去人数尺，似乎伸手便可采撷，夜色澄明静谧之感油然而出。风灯在夜幕中漏出微光，此处"照"字尤为动人——小小风灯，却能"照"夜，非为照夜，实乃为被包裹在无边夜色中的诗人撑出一块光明之地。夜已经很深了，将近三更，而诗人未眠，大概仍坐在船舱中，望着无边夜色静静思索。

他借着月色眺望江汀，只见沙头上白鹭一个个蜷曲着身子联成一排，陷入深眠。忽然，船尾一条大鱼跃出江面，拨剌一声，在阒寂的夜色中掀起短暂的波澜。此处描写一远一近，远望汀州，近听鱼跃，同时以动衬静，以忽然而出的跃鱼短暂打破夜的宁谧，令人有惊异之感，不由让人联想到王维之语"月出惊山鸟，时鸣春涧中"。

不同于柳诗的寂静冷绝，也不同于王诗的闲静从容，作者的感情是充沛的，他对江月、风灯、宿鹭、跳鱼均饱含着亲近热爱之情。舟内舟外，远处近处浑然一体，自成一个和谐宁静的小世界。

这首小诗冠有"漫成"二字，可见诗人并非刻意雕琢，因此此诗自带天然之趣。此时的自然对于诗人而言，不是外在的，而是与我为一体的。

踏歌词四首·其一①

唐·刘禹锡

春江月出大堤平，堤上女郎连袂行②。
唱尽新词欢不见③，红霞映树鹧鸪鸣④。

注 释

①踏歌词：民歌的一种形式。②联袂：手牵手。③欢：指女子的情郎。④鹧鸪：一种鸟。

赏 析

这是诗人借鉴民歌所写的一首描述男女情爱的诗。开篇写景，"春江月出大堤平"尽显开阔畅快——"春江潮水连海平，海上明月共潮生"。春潮渐起，明月共江潮同升，江水涨到与江堤同平，水面开阔无眼，"浮光跃金，静影沉璧"，月色铺洒在江面上，银辉潋滟，一片空明澄澈的琉璃世界。女郎手牵着手走上江堤，载歌载舞。如练的月色下，女郎们放声歌唱，悠扬歌声与潮声相应和，彩裙华裳在月光中翩跹飞舞，美不胜收。

可是这样一道独特的风景却无人来欣赏。"唱尽新词"，一个"尽"字可见女郎们使出了浑身解数，可是她们翘首期盼的情郎依然没有来。大堤上仍只有她们相伴却茕茕的身影。

东边日出，红霞映在树木枝柯上，她们听见藏在浓密枝叶中的鹧鸪鸣叫数声。红霞映树展现了时间的流逝，从月出到日出，可见女郎们在堤上所等时间之漫长。鹧鸪之声衬托出女郎们落寞的心情，似是嘲笑，似是安慰，无限惆怅尽在这句景语中被道出。

为何情郎们没有前来？或许是别有他事耽搁，或是神女有情襄王无梦，或是情怯不敢前……无论如何，他们最终没有来。堤上的女郎复杂的心情不可语人，于是诗人用了一句含混不清的景语相结，让人揣度猜想，回味不尽。

诗人运用的是民歌的情调，加以润色的是雅致委婉的诗语，让本诗读来既有民歌的流畅欢快，又不让人觉得俚俗粗糙。

暮秋独游曲江①

唐·李商隐

荷叶生时春恨生②，
荷叶枯时秋恨成。
深知身在情长在③，
怅望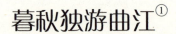江头江水声④。

注释

①暮秋：秋季快要结束的时候。②春恨：春天的愁绪，下文"秋恨"同。③长在：长久地存在。④怅望：怅然远望。

赏析

这是一首很有特色的诗，诗人李商隐在诗中反复运用重复的字词，让诗句富有一种抑扬顿挫、回环往复之美。

"荷叶生时春恨生，荷叶枯时秋恨成"以荷叶的枯荣作为时光流逝的标尺，也作为心境变化的标志，颇有新意。春恨与荷叶一同冒出，秋恨在荷叶枯萎之时生出。无论春恨秋恨，愁绪时刻萦绕在诗人心头。诗人伫立在江边湖畔暗度流年，荷叶或荣或枯，都让他心生哀愁，不禁让人想知道，如此深刻的悲愁到底从何而起。

"深知身在情长在，怅望江头江水声"，这一句委婉地回答了读者的疑问——情长。身在情长在，刻骨长情可见一斑——只要我的肉身未灭，我心中常怀的情愫便不会消逝。诗人立在曲江头，看着奔涌向东的滔滔江水，听着江潮江水激荡起伏的声音。"子在川上曰：逝者如斯夫"，这流逝的江水是流逝的光阴；"问君能有几多愁？恰是一江春水向东流"，这不息的江水也是不灭的悲愁。

不需要给诗人的"情"与"恨"冠上具体的对象，其实诗人的"情"与"恨"是一种永恒的情愫，它不知所起，一往而深，对自身境遇的迷茫，对悲欢离合的惆然，对求而不得的灰心，对天地逆旅与宇宙洪荒的惶恐，其实都是这种"情"与"恨"的来由。

这首小诗写得流畅质朴，音韵皆美，其中蕴含的情绪更是贴合着古往今来每一个人的心境——喜乐不过一时，不幸乃是永恒。

的繁华，只有那一只只鸟儿空自啼鸣，台城的凄清寂寥愈加浓重。

"无情最是台城柳，依旧烟笼十里堤"，世人追求功名利禄，坐享富贵荣华，起高楼、宴宾客，你争我夺、尔虞我诈，终至王朝更替、王业成空，一切粉墨登场而又匆匆谢幕。沧海桑田，世事巨变，只有台城的杨柳依旧郁郁葱葱，焕发勃勃生机，笼罩着十里长堤。诗人怨其"最是无情"，其果无情乎？非也，如幻似梦一般的江南，六朝的悲剧一次次上演，最后都如大梦一场，一切归空。而只有台城的杨柳能静静地守候这一方诗情画意之地，不被世事所扰。诗人怀古不假，但伤今才是真正的目的，"依旧"二字贯穿全篇，深寓历史沧桑之情，何尝不是诗人对衰败颓唐的大唐王朝的无限惋惜。

西塞山怀古①

唐·刘禹锡

王濬楼船下益州②，金陵王气黯然收。
千寻铁锁沉江底③，一片降幡出石头④。
人世几回伤往事，山形依旧枕寒流。
从今四海为家日⑤，故垒萧萧芦荻秋。

注释

①西塞山：在湖北大冶市东。《水经注》云："（黄石）山连延江侧，东山偏高，谓之西塞。"②王濬（jùn）：晋弘农湖（今河南灵宝西）人，字士治，博涉经典，参羊祜军事，祜荐为巴州刺史，迁益州刺史，晋武伐吴，王濬率兵先抵石头城，纳孙皓降。③千寻铁锁：吴人在长江设铁锁横截大江，以阻止晋军，王濬作火炬长十余丈，大数十围，灌以麻油，在船前遇锁，燃炬烧

之，须臾融液断绝，船无所碍。④石头：即金陵。⑤四海为家日：《汉书·高帝纪》："天子以四海为家。"

赏析

唐长庆四年（824），刘禹锡由夔州刺史调任和州刺史，沿江东下，途经西塞山，即景抒怀，写下了这首诗。诗人开头写"王濬楼船下益州"，便以这件史事为题，太康元年（280）晋武帝命王濬率领以高大的战船组成的水军，顺江讨伐东吴，"金陵王气"便黯然消失。益州金陵，相距遥遥，一"下"即"收"，何其速也！两字对举就渲染出一方是声势赫赫，一方是闻风丧胆。第二联顺势而下，直写战事及其结果。东吴的亡国之君孙皓，凭借长江天险，并在江中暗置铁锥，再加以千寻铁链横锁江面，自以为是万全之计，谁知王濬用大筏数十，冲走铁锥，以火炬烧毁铁链，结果顺流鼓棹，径造三山，直取金陵。"皓乃备亡国之礼，……造于垒门"（《晋书·王濬传》）。第二联就是形象地概括了这一段历史。

诗人在剪裁上颇具功力，他从众多的史事中单选西晋灭吴一事，这是耐人寻味的。因为东吴是六朝的头，它又有颇为"新颖"的防御工事，竟然覆灭了。照理后人应引以为鉴，其实不然。所以写吴的灭亡，不仅揭示了当时吴主的昏聩，更表现了那些后来者的愚蠢，也反映了国家的统一是历史的必然。

其次，诗人写晋吴之战，重点是写吴，而写吴又着重点出那种虚妄的精神支柱"王气"、天然的地形、千寻的铁链，皆不足恃。这就从反面阐发了一个深刻的思想，那就是"兴废由人事，山川空地形"。

清代屈复评这首诗说："前四句止就一事言，五以'几回'二字括过六代，繁简得宜，此法甚妙。"（《唐诗成法》）不过应该指出的是，若是没有前四句丰富的内容和深刻的思想，第五句就难以收到如此言简意赅的效果。

第六句"山形依旧枕寒流"，"寒"字和结句的"秋"字相照应。诗到这里才点到西塞山，那么前面所写，是不是离题了呢？没有。因为西塞山之所以成为有名的军事要塞，之所以在它的身边演出过那些有声有色载入史册的"话剧"，就是以南北分裂、南朝政权存在为条件的。诗人不去描绘眼前西塞山如何奇伟竦峭，而是突出"依旧"二字，亦是颇有讲究的。山川"依旧"，就更显得人事之变化，六朝之短促，所以纪晓岚说："第六句一笔折到西塞山是为圆熟。"（见方回《瀛奎律髓》纪评）

第七句宕开一笔，直写"今逢"之世，第八句说往日的军事堡垒，如今已荒废在一片秋风芦荻之中。这残破荒凉的遗迹，便是六朝覆灭的见证，便是分裂失败的象征，也是"今逢四海为家"、江山一统的结果。怀古慨今，收束了全诗。

闻乐天授江州司马

唐·元稹

残灯无焰影幢幢，
此夕闻君谪九江①。
垂死病中惊坐起②，
暗风吹雨入寒窗③。

注释

①谪：贬谪。九江：简称"浔"，古称浔阳、柴桑、江州，是一座江南文化名城。②垂死：奄奄一息，形容病重。③暗风：夜风。

赏析

　　元稹与白居易是诗史上知名的好友，他们写诗相和唱的经历也传为一段诗坛佳话，这首诗正是元稹写给被贬谪到九江的好友白居易的。

　　江州之地，从白居易《琵琶行》可知："住近湓江地低湿，黄芦苦竹绕宅生。其间旦暮闻何物？杜鹃啼血猿哀鸣。"境遇是相当不如人意的，这也正是为朋友担忧的元稹为何会从重病中惊坐而起的缘故。

　　此诗开首便营造出凄凉晦暗的气氛——"残灯无焰影幢幢"，灯油将要耗尽，如豆灯焰即将熄灭，幢幢黑影映在墙上似明似灭。此处以灯喻人，"油尽灯枯"也暗示着诗人已然病重难起，残喘在病榻上，行将就木。正在这个晦暗不明的夜晚，饱受病痛折磨的诗人听闻了好友白居易被贬谪到九江的消息，诗人惊忧不已，竟然如回光返照一般从病榻上突然坐了起来。此时，诗人朝窗外望去，暗风呼啸，将夜雨从寒破的窗外吹了进来。此处凄清悲惨的景色将全诗的情感推向了高潮，夜雨滂沱，寒气渐升，一切景语皆情语，诗人感到的不仅有自己境遇的凄凉，更有对好友深深的担忧——这样大的风雨，不知乐天现在境况如何？风雨如晦，作者的命运与好友的前程交织在这场瓢泼大雨中难分难解。尽管作者隐而不说，只是以景语相结，但凄楚心境，全都在"暗风吹雨入寒窗"中披露得淋漓尽致。

　　一贬一病，尽是不如意之事，但有知心好友相慰，也算是另一种幸运了吧。

喜外弟卢纶见宿

唐·司空曙

静夜四无邻，荒居旧业贫。

雨中黄叶树，灯下白头人。

以我独沉久，愧君相见频。

平生自有分，况是蔡家亲①。

注释

①蔡家亲：西晋羊祜为蔡邕外孙，因称表亲为蔡家亲。此处指表亲。

赏析

　　司空曙与卢纶并称名于大历，他们的诗又不相伯仲，作为表兄弟，更是诗坛一段佳话。而司空曙命运多舛，性情刚介，是以家境贫寒，卢纶与司空曙既有亲谊，又有诗交，故此诗司空曙极尽其贫状，而彰显卢纶深谊。

　　"静夜四无邻，荒居旧业贫"，无邻而处，又是荒居，诗人清贫，可想而知。"雨中黄叶树，灯下白头人"，颔联比兴兼备，雨中树叶黄落，是秋来气象，诗人白头，正如雨中黄叶，同一衰朽耳，气象堪悲，正从黄叶中来。谢榛《四溟诗话》中云："韦苏州曰：'窗里人将老，门前树已秋。'白乐天曰：'树初黄叶日，人欲白头时。'司空曙曰：'雨中黄叶树，灯下白头人。'三诗同一机杼，司空为优。善状目前之景，无限凄感，见乎言表。"颇具见地。"以我独沉久，愧君相见频"，感慨身世，极尽其悲，感怀亲友，极尽其喜，虽施一"愧"字，而喜容难掩，喜极而泣，但仍有无限悲凉。"平生自有分，况是蔡家亲"，点明身份，照应诗题，别生风味。

这首诗正反相生，一悲一喜之间，悲欣交集，格法新颖，独出人前。是以近人俞陛云称："前半首写独处之悲，后言相逢之喜，反正相生为律诗一格。"

风筝

唐·高骈

夜静弦声响碧空，宫商信任往来风①。
依稀似曲才堪听②，又被移将别调中③。

注释

①宫商：指五音。古时风筝上会安装弦或笛，放飞空中会发出响声。信任：任意，随意。②依稀：仿佛，些许。③移将：诗中指转换。

赏析

这首小诗讲述一件稀松平常的小事，读来却觉饶有意趣。诗人或许在夜半信步于庭院之中，忽然听见天空中传来些许风筝的哨声。诗人侧耳倾听，颇觉有趣，便写下了这首小诗。

"夜静弦声响碧空，宫商信任往来风"，夜幕四合，万籁俱寂，忽

闻风筝弦音响起，于碧空中悠悠飘扬。这一句动静结合，让人既感觉到凉风习习的夜晚的幽静宁谧，也感觉到风筝所发出的声音的嘹亮悠远。在风筝上装上哨子，是晚唐以来的风俗。风穿过哨子，会发出清越如筝如弦的声响。

第二句便是描写这样一个场景：风筝飘荡在空中，晚风任意穿梭于哨孔之中，发出断断续续的乐音。"信任"二字将风筝随风舞动的模样、晚风轻拂的状态描摹得极为贴切。

"依稀似曲才堪听，又被移将别调中"，这两句写诗人倾听风筝哨声——恍惚好像成了断续的曲调，勉强能一听了，但是风筝偏不如人意，又跟随着时缓时急的晚风变幻了曲调。这两句将"信任"二字阐释得淋漓尽致：风筝所发之音非是人籁所及，而是真正的天籁。

这首别出心裁的小诗虽名为《风筝》，但全篇不见风筝踪影，只有风筝所发之音，甚是巧妙。诗人也通过夜半听风筝的感受，将自己闲适惬意的心境描绘出来。"信任"的不止有习习晚风、悠悠风筝，还有独坐院中，或漫步月下的诗人。

咏声

唐·韦应物

万物自生听①，太空恒寂寥②。

还从静中起，却向静中消。

注释

①听：诗中用作名词，声音。②太空：指天地之间。恒：长久的、永恒的。寂寥：寂寞无声。

赏析

韦应物佛道两家皆通，这可以从他的生平及许多与和尚道士的相互赠诗中发现，此诗正应道家思想论。

首句，万物自生听。世人多以听为声音之义。此句意思，盖为世间万物，自发产生声音，这显然采自《庄子·齐物论》之所言："子游曰：'地籁则众窍是已，人籁则比竹是已，敢问天籁。'子綦曰：'夫吹万不同，而使其自己也。咸其自取，怒者其谁邪？'。"《庄子·齐物论》中所提及的三籁，为人籁，地籁与天籁，即由人为发出的声响，由风吹洞穴而发出的声响，以及普遍存在于具体事物之间的"自己"，"自取"的妙音。最末的声音是不能由肉耳聆听的，而需要"坐忘"的境界。日常世界中，我们往往认可"大敲则大响，小敲则小响"的事实，但是在老庄哲学中，真正的声音一定是由自身发出的。韦应物此处化用看似不合常理，其实暗合妙道。

第二句，太空恒寂寥。太空，不是现代所言之宇宙空间，而是与万物相对而言的虚空境界。司空图《二十四诗品·雄浑》："具备万物，横绝太空。"一明证也。苏轼《喜雨亭记》结尾有"归之造物，造物不自以为功。归之太空，太空冥冥。不可得而名，吾以名吾亭"，皆道家思想之证明。太空恒寂寥，犹言虚空永恒寂寥无物，自然也无声音可言。

第三句与第四句合参。静中起声，静中消声，言静乃躁君也——虚静的本体是声音乃至一切事物的始基，这是老子一贯的思想。声音起起落落，生生灭灭，唯有寂寥的、虚静的本体存在，这是一种富有东方色彩的本体论思想。这种思想，在中国古典诗歌的实践中屡见不鲜。譬如，以动写静的名篇繁多，而以静写动的名篇却稀少。此处注意第四句的"却"字，极言万物之声归于虚静的神秘图景，其无理而妙，令人深思。

总之，韦应物此诗题名为"咏声"，其实是"咏静"。其中有一些弊病。例如，抛弃了诗歌的形象性，一味追求对玄理的图解，有不少玄言诗的干涩味道；在表现道家哲学的观点时，又缺少创新，完全照搬道家的命题。不过，这种干枯的、空的诗歌构架，是利于对"静"这个主题的表现的；虽然如此，但此诗写静太着力，不免有"槁木死灰"之弊。

西宫春怨①

唐·王昌龄

西宫夜静百花香②，欲卷珠帘春恨长。
斜抱云和深见月③，朦胧树色隐昭阳④。

注释

①西宫：妃嫔所住的地方。②百花：各种各样的花。③云和：古代琴瑟一类乐器的统称。④昭阳：昭阳宫，为汉成帝时宠妃赵飞燕所住的宫殿。

赏析

汉成帝时，赵氏双姝得宠而班婕妤见弃，班婕妤遂作《团扇歌》以自伤，流传后世，给各代诗人想象宫中妃嫔的生活提供了范本。这一首小诗便是王昌龄想象中的班婕妤被弃后凄凉悲伤的心境。

"西宫夜静百花香，欲卷珠帘春恨长"，诗人在第一句点出了地点与时间：西宫中的春晚，百花暗香浮动。以"静"饰"夜"，可见西宫之凄清，无边的寂寞笼罩着失去宠爱的女子。"百花香"背后又是一个悄然到来的春天。秋去春来，岁月不淹，女子终将在西宫之中鸦鬓染霜，红颜衰萎，其痛苦与煎熬是难以估量的。因此，在第二句中，诗人勾勒出单薄孤独的背影——女子想要卷起珠帘，却望见宫外即使隐没在夜色中也格外浓郁的春色，怨艾油然而生，既是因为自己韶华逝去的未来，也是因为自己绝情见弃的命运。

"斜抱云和深见月，朦胧树色隐昭阳"，这两句勾画出女子哀怨的神态，她斜斜抱着云和乐器，呆望着夜空出神，只见月华流泻，树影婆婆，隐隐约约露出昭阳宫的飞角。"斜抱"二字形神具备：由于无人欣赏，女子无心弹奏，只是呆呆地抱着云和，"斜"更见她的心如死灰，无处话凄凉的神态。昭阳宫乃是汉成帝宠妃赵飞燕所居之殿，这里与西宫的清冷形成了鲜明的对比。昭阳宫繁弦急管、歌舞不断，这更深一层地表现出女子的春怨。

诗人其实在这里将自己比作班婕妤，或者是西宫中某一个见弃的妃嫔，他无法得到君王的赏识，不也与这个枯等在西宫的女子一样韶华易逝、两鬓斑白吗？

秋闺思二首·其二

唐·张仲素

秋天一夜静无云，断续鸿声到晓闻①。
欲寄征衣问消息②，居延城外又移军③。

注释

①鸿：大雁。到晓闻：到了天明还能听见。②征衣：寄给戍边征夫的衣服。③居延：居延关，古代西北部的要塞。移军：军队迁移驻扎。

赏析

李华在《吊古战场文》中这样形容征夫的艰辛生活："万里奔走，连年暴露。"而诗人的这一首小诗却是通过家中思妇寄寒衣这一件小事，折射出戍边征人居无定所、四处漂泊的生活。

"秋天一夜静无云，断续鸿声到晓闻"，"秋天"二字点出季节——秋季是个很敏感的季节，冬天已经不远了，对于征夫来说将进入一个"积雪没胫，坚冰在须""缯纩无温，堕指裂肤"的时节，最难熬的时节即将来临。远在千里之外的妇人怀想着寒气渐生，挂忧丈夫的冷暖，"长安一片月，万户捣衣声"，便开始裁剪寒衣，寄往边关。至于"一夜静无云"，可见妇人在家中连夜缝制寒衣之时，还时不时望一望窗外，像是低声祈祷着气温不要降得太低，让丈夫在边关挨寒受冻。断断续续的鸿雁鸣叫到了天明之时还没有断。古人有"鸿雁传书"之说，鸿雁的叫声唤起了思妇寄衣之念。这一声声的雁鸣，既见证了妇人连夜赶制征衣的辛劳，也仿佛是在催促着她密密细缝。

"欲寄征衣问消息，居延城外又移军"，妇人本想将征衣寄出，但一问边关的消息，却被告知本驻扎在居延塞的军队如今却要迁移往别处。这种欲寄无处的失望与焦急的心情，被隐藏在短短的一句"居延城外又移兵"后。"言近而旨远，词浅而意深，虽发语已殚，而含意未尽。"此诗真可以当得起这句评价。

酬李端公野寺病居见寄

唐·卢纶

野寺钟昏山正阴，乱藤高竹水声深。

田夫就饷还依草①，野雉惊飞不过林②。

斋沐暂思同静室③，清羸已觉助禅心④。

寂寞日长谁问疾，料君惟取古方寻⑤。

注释

①就饷：就，靠近；饷，为田间劳作的人所送的食物。此处为农夫吃饭之意。②野雉：野鸡。③斋沐：斋戒沐浴。④清羸：清瘦羸弱。⑤料：料想。

赏析

　　"不怕家底薄，青苗怕霜打，好汉怕病磨"，这句谚语阐明了疾病带给人的煎熬。病痛之时，常觉人生苦痛，境况凄凉，尤其是身畔无人相问询，更觉见弃的凄楚哀愁。诗人便是在这样一种境遇下，感受到了友人李端的关切之情。这些许温暖的抚慰，让诗人大为感动，遂作此诗，以酬好友关怀之意。

　　"野寺钟昏山正阴，乱藤高竹水声深。田夫就饷还依草，野雉惊飞不过林"，首联颔联写古寺周遭阒静安宁的环境：萧寺黄昏时分钟声悠远，日沉西山，天色暗沉，山中渐阴。藤蔓缠树，参差披拂；竹篁萧萧，叶茂枝高；山中竹树四合，不见深涧，只听见潺潺水声从阴暗处传来。"其境过清"四字可谓矣。移步换景，诗人从山中步出，放眼望去，只见漠漠水田间，田夫坐进阡陌的长草中吃着饷食；远处平林苍茫，野雉惊飞，又落于林中。这四句话所展现的境界乃是清凉旷远的，读来只觉胸臆为之舒展。

　　"斋沐暂思同静室，清羸已觉助禅心"，诗人在颈联说明了居于野寺的原因：斋戒沐浴之后，在静室中冥想，因病清羸反而助长了诗人的向禅之心。一个"静"字隐隐透露出诗人寂寞无人问的孤单境地，而"清羸"本为病体，"禅心"来的是如此不正常。我们大概可以猜想这"禅心"背后，隐藏着多少寂寞与凄凉。人在病中时又极为敏感，诗人此时的心境可想而知。

　　"寂寞日长谁问疾，料君惟取古方寻"，无人相问的光阴里，诗人挨过了一日又一日，寂寞拉长了时光，诗人在无边的孤独中仿佛还在等待着、盼望着有一个人能给予自己关切与慰问。在这种情况下，诗人料想也只有好友李端会为他求医问药。于诗人而言，雪中送炭莫过于此。"惟"字透露出诗人对好友牵挂自己的无限感动之意，同时，我们也看见这感动背后，是诗人"日长谁问疾"的悲凉伤感。

　　这首七言律诗饱含着人生炎凉的无限况味，同时也显露出在患难之时所获得的真情如珍珠一般珍贵，熨帖人心，使人于严寒之中，仍能感受到暖意。

向。飘零毕竟自由，好歹"无事一身轻"，却因为名利之事滞留在此。诗人因时运乖蹇，曾从佛道二家中寻求心灵的慰藉。"生涯以钓舟"的比喻、"名利事淹留"的自我反省，无不透露着他的禅心道意。

"旅涂谁见客青眼，故国几多人白头"，常年的羁旅让他尝遍了炎凉世态，更让他喟叹岁月荏苒，时不待人——行于途中，少有人以青眼相待；蓦然回首，发觉家乡的故人多已白头。一生的彷徨彳亍，一生的蹉跎等待，让诗人耗费了多少年华。

"霁色满川明水驿，蝉声落日隐城楼"，于首联总括漂泊寻求的一生，于颔联细摹世事炎凉与光阴逝去，奠定了整首诗哀婉伤感的基调。颈联中，诗人抬首远望，只见秋高天霁，满川清明之色，驿站便横在流水旁。秋蝉哀鸣里，落日渐渐沉落在城楼之后。这一副图景可谓是写尽了秋之哀凉气象。

"如何未尽此行役，西入潼关云木秋"，这一段漫长的行役，恐怕还要等到西入潼关之后才能结束。我们仿佛能看到诗人踽踽独行的背影，逐渐隐没于萧萧落木、苍苍行云之后。诗人对前途命运的哀叹，声声可闻。

晚唐时节，盛唐的风光与繁华已作云烟。那时的诗人们，面对着一去不返的盛世，面对着浮生不定的漂泊与坎坷跌宕的仕途，内心的痛苦迷惘，都在这首秋思诗中被淋漓尽致地表现出来。刘沧诗歌中的凄苦哀婉、悲而不壮的风格，是那个时代留给诗人的烙印。

闲居自述

南宋·陆游

自许山翁懒是真，纷纷外物岂关身①。
花如解笑还多事②，石不能言最可人③。
净扫明窗凭素几，闲穿密竹岸乌巾④。
残年自有青天管，便是无锥也未贫⑤。

注释

①外物：俗尘琐事，名利之物。②解笑：懂得笑。③可人：可爱。④岸：作动词，头戴高冠。⑤无锥：无立锥之地，形容赤贫。

赏析

这首诗暗藏着诗人向佛向道的隐逸之心。"邦有道则现，无道则隐"，深谙南宋朝廷的偏安一隅的心思，软弱无能、觍颜求安的行径，诗人即使发豪言"位卑未敢忘忧国"也无济于事了。在此情境下，其生出隐遁之心是情有可原的。

"自许山翁懒是真，纷纷外物岂关身"，诗人此时年岁已高，两鬓染霜，自号"山翁"，又道自己"懒是真"，充满了自嘲的意味。而面对红尘琐事，驰骛追逐，他摇头笑叹，这些身外之物岂与我相关。从诗人的话语中故能知晓他洁身自好，不与世俗同流的高洁情操，但真正隐含在情怀之下的不过是浓重的失望，以及消极的隐遁之心。

"花如解笑还多事，石不能言最可人"，颔联诗人对比花与石来阐明他的隐逸之心。百花若是懂得笑，大概会生出许多事端；如若同磐石一样，口不能言，这才是最可人、最让人舒心的。表面上他似乎是在赞美"讷言"之人，但仔细想来，人若处于朝堂之上、市井之中，"解笑"必定逃脱不了；唯有在山林之中，与自然相融，这才不需言语。而在他看来，庙堂之上的巧言令色之人，不就是那"解笑"之花吗？

而诗人是不屑与之为伍的。

"净扫明窗凭素几，闲穿密竹岸乌巾"，这是诗人描绘自己闲居之时的悠游姿态：将户室打扫干净，诗人靠在没有纹饰的案几旁，看着晨曦从窗纱外透进屋内，一片明亮之色；诗人有时漫步于枝叶繁茂的竹篁之间，头上高高戴着乌巾，表明自己隐士的身份。简朴而自由，这是诗人美化了自己的赋闲时光。

"残年自有青天管，便是无锥也未贫"，在尾联中，诗人任情与天地之间，豪言道：风烛残年也不用忧虑，命途自有苍天掌握，即使是赤贫到无立锥之地，只要心灵充盈，自由自在，我依然不处于穷困境地。

这首诗以"纷纷外物岂关身"为核心，将自己闲居的志向或描写、或抒情、或议论地剖于读者面前，让读者能深入了解诗人的高雅志趣。同时，我们也应看到，这种隐逸的背后，其实也不过是对药石罔效的南宋朝廷深深的失望。

长命女·春日宴①

五代·冯延巳

春日宴，绿酒一杯歌一遍②，再拜陈三愿：
一愿郎君千岁③，二愿妾身长健④；三愿如同梁上燕，岁岁长相见。

注　释

①长命女：词牌名。②绿酒：酒面浮滤渣，色淡绿，故名绿酒。③郎君：对丈夫的尊称。④妾身：女子的自称。

赏析

　　这是一首祝酒词，其曲调欢快流畅，颇有民歌之风。词人冯延巳乃是南唐人，曾高居宰相之位。他的词风对宋初词人影响尤大，对于文人词的发展更是有着不可磨灭的贡献。但这一首词一反他以往以清婉之笔写轻愁薄恨的风格，而是将春日宴写得喜气洋溢，淳朴脆爽，有如玉珠落盘，泠越动人。

　　"春日宴，绿酒一杯歌一遍，再拜陈三愿"，"春日宴"点出时间地点。融融春日，摆开丰盛宴席，祝酒的女子立于席上，端起新酿的绿酒，饮尽一杯，放声唱一曲祝酒词。两次下拜，女子含笑对着郎君，许下三个愿望。"一年之计在于春"，女子在此酒席上陈愿，有期望在这一年余下的岁月中，能续此好开端，一路和美幸福下去。且听她的陈词：

　　"一愿郎君千岁，二愿妾身长健；三愿如同梁上燕，岁岁长相见"，一愿郎君长命百岁，二愿自己身体康健，三愿自己与郎君能够如同梁上紫燕，年年相见，岁岁厮守。这三句祝词铺陈在我们面前的是一种属于尘世的夫妻恩爱。女子一句祝郎君，一句祝自己，最后一句祝两人白头到老，永不分离。在这春日宴上，在这酒席之间，女子的眼中只有郎君，女子的世界里只有两人白首不分离的和满幸福。天地之间，大好春光，只与你同赏同享。"二愿妾身常健"，这一句细读，还能咂摸出些许恃宠撒娇的意味。女子作此恩爱大胆之语，皆是因为郎君对她的倾心爱护。这种生长于民间的美满宁和，让千年之后的人读来，仍觉魅力无限，心向往之。

房兵曹胡马诗①

唐·杜甫

胡马大宛名②，锋棱瘦骨成。

竹批双耳峻③，风入四蹄轻。

所向无空阔，真堪托死生④。

骁腾有如此，万里可横行。

注释

①兵曹：唐代参军的省称，为州府中掌管军防、驿传等事务的小官。②大宛：产名马的地方。③竹批：批，削。如斜削的竹筒一样。④真堪：实在可以。

赏析

唐朝是个尚武轻文的时代。身为初唐四杰之一的卢照邻都曾在诗中毫不讳言："宁为百夫长，胜作一书生。"马，作为行兵打仗必不可少的工具，常被诗人拿来赞颂。马之骁腾，也是军之英勇，更是大唐兵力强盛、万国朝服的基础。从老杜的这首诗中，我们不难看出他托马言志的意图。"马之千里者"正待伯乐，而漫游齐赵的诗人也正等待着自己能被"托死生"，横行万里，一展宏图。

"胡马大宛名，锋棱瘦骨成"，大宛素产名马，出自大宛的马匹就标明了千里马的身份。诗人笔力清健，画马写骨——这匹胡马骨骼如锋棱，瘦而劲健。仅用一句话，诗人便将胡马清奇的骨相描绘出来，我们眼前赫然出现一匹如龙矫游的胡马。

"竹批双耳峻，风入四蹄轻"，首联总写，颔联则细节修饰。诗人只选取了胡马的耳与蹄两个部分进行重点描绘。马耳如同斜削的竹筒，挺翘峻立。在古人眼中，挺立的马耳便是千里马的标识。当这匹马奔跑起来的时候，如清风入蹄，便似御风而行一般，轻快稳健。前句写静，后句写动，将这匹马的非凡气势刻画得淋漓尽致，令人叹服。

"所向无空阔，真堪托死生。骁腾有如此，万里可横行"，颈联与尾联皆是诗人对这匹马的毫不藏掖的赞美。胡马奔腾于天地之间，可上高山，可涉险川，无处不能达。这般良马，真可以托付生死。若是有这样骁勇的马匹，万里之地，尽可横行。"所向无空阔"紧接"风入四蹄轻"之句——二者相互补充，一谓飞奔之轻快，一谓可跋山涉水，全无禁忌，两者相成，才能"真堪托死生"。尾联总结以上六句，得出"万里可横行"的结论，让人十分信服。

这首写马诗以外貌总写开首，动静结合，画皮画骨，将马之矫健如游龙之态刻画得入木三分，见之难忘。本诗更是气势高昂，流畅自然，结构完整，一气呵成，不愧是写马之名篇。

江西裴常侍以优礼见待又蒙赠诗轺叙鄙诚用伸感谢

唐·白居易

一从簪笏事金貂①，每借温颜放折腰。

长觉身轻离泥滓，忽惊手重捧琼瑶。

马因回顾虽增价②，桐遇知音已半焦③。

他日秉钧如见念④，壮心直气未全销。

注释

①簪笏：冠簪与笏板，官员所用，后世因以代指官员。金貂：皇帝侍臣所戴冠上饰物，这里代指高官。②回顾：回头看。据传伯乐因回头看马而使其增价。③半焦：半边烧焦。蔡邕听人烧桐，辨其音，知为制琴好木，遂救之，为琴，其音果清。④秉钧：比喻执政。

赏析

命运对于白居易而言，并不宽仁。白居易早年飘零于战火之中，家中接连遭变，而他则是勤学苦读以求功名，"口舌成疮，手肘成胝"。中年为官之时，则因朝堂纷争而面临贬官的命运。至于晚年，他醉心于佛教，隐逸于山林，颇为自得，实际也是一种遣怀。而这一首诗所展现的就是白居易在仕途中遭遇挫折后痛苦的心境，以及他对知音的渴望。

"一从簪笏事金貂，每借温颜放折腰"，官场之中，或察言观色，或折腰以事，都令生性自由洒脱的诗人痛苦不已。簪笏故显尊贵，金貂故昭华美，但"欲戴王冠，必承其重"，名利不仅是身前的显贵，还有对人格的摧残。诗人在首联中写尽宦海辛酸。

"长觉身轻离泥滓，忽惊手重捧琼瑶。"在颔联中，诗人将自己所想与所处的境地做了对比。诗人心中无限向往的是逍遥自由，他常常感到自己身轻如燕，像是要乘风归去，远离这纷扰污浊的尘世，怎奈何，手中"琼瑶"的重量将他拖拽了下来。"琼瑶"本为美好的玉石，但在诗人手中，却成了累人的重物。"鸟儿的翅膀系上了黄金，又怎能自由翱翔。"泰戈尔如是说。在诗人看来，这"琼瑶"就是沉甸甸地压在他翅膀上的黄金，妨碍了他奔向自由的道路。

"马因回顾虽增价，桐遇知音已半焦"，颈联前一句写马因伯乐的回顾而身价大增，后一句写桐木遇见识琴辨音的蔡邕之时，已经被烧得半焦了。同是关于"知音"的两个典故，但结局却大不相同。诗人更是别出心裁地用"虽""已"二字将两个典故连接起来，道出了全新的意义：马虽然因为伯乐的回首相顾而增价，但桐木遇上知音蔡邕时已成焦尾——遇上知音的诗人虽然暂且获得了前进的动力与勇气，但是他已经被尔虞我诈的官场风浪折磨得遍体鳞伤了。在这一联中，诗人虽然受到知音的鼓舞，但对过往遭遇的余悸依然未消。

"他日秉钧如见念，壮心直气未全销"，诗人最终没有陷在怨天尤人的泥沼里不可自拔，他在尾联中仍然喊出自己未销的雄心壮志：即便前路艰险，寸步难行，但我仍胸怀壮心，誓助不平。

这首诗从最初悲叹哀愁之声，最终转为壮心直气之言，其中知音的鼓舞功不可没。诗人的心境想必也是从邂逅江西裴常侍开始转变了。

竹枝词九首·其七

唐·刘禹锡

瞿塘嘈嘈十二滩①，
此中道路古来难。
长恨人心不如水②，
等闲平地起波澜③。

注释

①瞿塘：瞿塘峡，地名，在今重庆。嘈嘈：水声的拟声词，形容急湍之声。②长恨：常常叹息。③等闲：无端。

赏析

刘禹锡一腔豪情，素有报国之志，曾与柳宗元等人试图推行新法，革除政弊，由于触犯了藩镇与权贵的利益，且势单力薄，在党争之中落于下风，被贬于外。但心系朝堂的他一面为国势担忧，一面痛斥朝中尸位素餐、货力为己之徒。这组诗便是他在任夔州刺史之时所作。面对长江之涌，瞿塘之险，深受当地民风民歌浸染的他作出《竹枝词》的组诗，共九首，既写民间风物，又写个人境遇，这首小诗便是其中第七首。

"瞿塘嘈嘈十二滩，此中道路古来难"，诗人眺望着流水嘈杂的瞿塘峡，"十二滩"言其地险水急，弯折尤多。见此险滩急湍，诗人喟叹道：瞿塘水路自古以来便艰险难行。表面虽为感叹瞿塘之险，实际却在说朝堂之上风雨难测，入仕途中步步荆棘，人生艰难与仕途艰险也莫过于此。诗人在长期的明争暗斗、党同伐异之中遍尝世态炎凉，领略人生起落，面对奇山异水，却未能安放身心，而犹羁绊于刀见笑、剑生风的政治中。

"长恨人心不如水，等闲平地起波澜"，诗人似怒似叹道：常常遗憾人心不像这急流是因险滩而生，而是无缘无故忽生波澜。诗人这一句乃言人心险恶，世道难行，犹胜于瞿塘十二

滩。"等闲"二字为无端之意，人心之鬼蜮，手腕之伎俩，细细想来，令人遍体生寒。诗人这一句毫不遮掩的斥咄，完全撕开了朝中心怀鬼胎之人的遮羞布，让他们的丑恶心思与行径暴露于光天化日之下。

只可惜这一句终是囿于口舌之言，于现实无半分助益。

寄蜀中薛涛校书①

唐·王建

万里桥边女校书②，
枇杷花里闭门居。
扫眉才子于今少③，
管领春风总不如。

注释

①校书：古代掌管校理典籍的官员。据传韦皋坐镇蜀地时薛涛曾担任此职，遂被称为"女校书"。②万里桥：在成都南锦江上。③扫眉：指有才华的女子。于今：到今时。

赏析

薛涛乃唐代著名女诗人，幼时家中遭变故，父亲死于蜀中，家境渐衰，迫于生计，薛涛凭借着自己秀丽的姿容，且精于音律，工于辞赋而入乐籍，名噪一时。后脱乐籍亦终身未嫁，隐居于浣花溪旁。据传她因文秀词丽，擅于为文，曾为情郎韦皋作校书，时人称为"女校书"。她的诗作视界开阔，格局疏朗，毫无脂粉之气、妇人之语。在当时，便有众多文人骚客倾心于她。这首小诗便是仰慕她才情的诗人所作。

"万里桥边女校书，枇杷花里闭门居"，万里桥边住着一位女校书，枇杷花掩映中，可见她深闭的门扉。诗人在"女校书"的真实面貌外蒙上了几层遮掩之物——一层万里桥，一层女校书，一层枇杷花，一层深闭门，将薛涛的真实面貌深藏在面纱之后，顿生"犹抱琵琶半遮面"之感，幽静院中的佳人也因此更具神秘感。但诗人的笔触已经隐隐透露出这位佳人的品性：她深居简出，静水流深，更见幽窗宁谧；她身负盛名，却不借势牟利，而是隐居世外，不与红尘纠缠。

"扫眉才子于今少，管领春风总不如"，巾帼才子今难见，但薛校书却在文坛大师间尤为翘楚，这一句写尽了王建对薛涛的倾慕。在他眼中，薛涛独领风骚，春风不如。"春风"二字，恐不止于赞美薛涛的"下笔辞秀，扬手文飞"，她的风流，她的品格，她冰为肌肤玉为骨，她的一片明月之心，恐怕都融化在了这"春风"二字中。

能被如此相待，即便是深居于枇杷花后，独自咀嚼着余生的寂寞，也不显得孤独了。

女 校 书

唐贞元元年（785），中书令韦皋出任剑南西川节度使。在此期间，薛涛以其敏捷的才思和超逸的诗情赢得了韦皋的信任。随着对薛涛的深入了解，韦皋开始让她参与一些案牍工作。这对薛涛来说不过是小菜一碟，她在公文的写作上不但极富文采，且细致认真，很少出错。韦皋仍然觉得大材小用，便突发奇想，拟奏唐德宗授薛涛以秘书省校书郎的官衔。"校书郎"的主要工作是撰写公文和典校藏书，虽然官阶仅为从九品，但这项工作的门槛却很高，按规定，只有进士出身的人才有资格担当此职，大诗人白居易、王昌龄、李商隐、杜牧等都是从这个职位上做起来的，纵观历史，还从来没有哪一个女子担任过"校书郎"。但由于体制旧律的关系，这一奏请未能通过，但薛涛的才华却为世人敬仰，并称之为"女校书"。

新安吏①

唐·杜甫

客行新安道，喧呼闻点兵。

借问新安吏："县小更无丁②？"

"府帖昨夜下③，次选中男行④。"

"中男绝短小，何以守王城？"

肥男有母送，瘦男独伶俜。

白水暮东流，青山犹哭声。

"莫自使眼枯，收汝泪纵横。

眼枯即见骨，天地终无情！

我军取相州，日夕望其平。

岂意贼难料⑤，归军星散营。

就粮近故垒，练卒依旧京⑥。

掘壕不到水，牧马役亦轻。

况乃王师顺，抚养甚分明。

送行勿泣血，仆射如父兄⑦。"

注释

①新安：地名，位于今河南省。②丁：壮丁。诗中指可以参军之人。③府帖：军帖，征兵的文书。④中男：十八岁以上，二十三岁以下的男子。⑤岂意：岂能料想到。⑥旧京：指东都洛阳。⑦仆射：指郭子仪。

赏析

此诗为杜甫"三吏"之一。当时唐王朝正陷于安史之乱中，白骨蔽野，民不聊生。诗人飘零于战火之中，触目之处哀鸿遍野，而官府的剥削更是让百姓生活雪上加霜。见证了一个接连一个的悲剧后，诗人写下了这些被称为"诗史"的诗歌。《新安吏》便是其中代表。

"客行新安道，喧呼闻点兵"，诗人行走在新安的道路上，见到大声呵斥着的征兵官吏。这是整首诗的由头，全诗都是围绕着"闻点兵"这个事件展开的。

"借问新安吏：'县小更无丁？''府帖昨夜下，次选中男行。''中男绝短小，何以守王城？'"这里是诗人与新安吏的一段对话，诗人问："是因为新安县地小而没有参军的壮丁了吗？"眼前正是征兵的场面，为何诗人要问出"无丁"之语？可见所征之兵其实是不合法度的。新安吏回答："昨夜军帖示下，无兵可征时便选中男参军。"而诗人则不依不饶："中男身材短小，如何守卫王城？"选中男参军有违法律，但唐王朝被逼到打破法规，可见已经是捉襟见肘，左支右绌了。接下来，新安吏没有再回答，大概是无话可说。面对山河破碎、风雨飘摇的唐王朝，征中男为兵实是无奈之举。新安吏必然也知道律法，他对诗人的问话保持沉默，恐怕心中已是同诗人一样，叹息不已，却也无可奈何。

"肥男有母送，瘦男独伶俜。白水暮东流，青山犹哭声"，诗人将目光投向被征召的中男与送行的父母。身体壮实的还有母亲相送，而瘦弱的少年只能形单影只、孤苦伶仃地站在一旁。更远处是如白练的流水在暮色中缓缓向东流去，青山间回荡的尽是生离死别的痛苦之声。陷于战火之中，触目皆是疮痍之色，举首尽是遍地兵燹。这是个人与家庭的悲哀，更是国家的悲哀。

"莫自使眼枯，收汝泪纵横。眼枯即见骨，天地终无情！"诗人在心中默默劝告离家奔走的少年们："收起你们纵横的眼泪，不要哭得让眼睛发枯。眼枯便见骨，然而天地却不会因此而怜悯你们。"这里的"天地"暗指朝廷。诗人语气甚为哀痛，读来令人落泪。

"我军取相州……仆射如父兄"，诗人在这一段劝慰之语中极尽讳言王师败绩之能事：我军依然没有放弃希望，攻取相州，日夜盼望平定叛军。但岂能想到贼军狡猾，我军败北之后如星散归于军营中。诗人在此处用"归军"而非"败军"，可见诗人袒护之情。诗人又告知了少年们练兵之所，让他们少一些担忧。同时，诗人以好言相慰：军中劳役较轻，挖掘沟壑不会挖到水源，牧马的任务也比较轻松。王师和顺，抚养分明，将领爱兵如子，你们不必如此痛哭泣血。

诗人虽然抨击劳役压榨人民的统治者，但他却也不得不支持镇压内乱的朝廷。从这首诗中我们可以清晰察觉到诗人内心的矛盾，而这种心理贯穿整个"三吏"的内在感情。

画鹰

唐·杜甫

素练风霜起①，苍鹰画作殊②。
攫身思狡兔③，侧目似愁胡④。
绦镟光堪摘⑤，轩楹势可呼⑥。
何当击凡鸟，毛血洒平芜⑦。

注释

①素练：作画所用的白色绢布。②殊：言独树一帜。③攫身：收敛身子准备扑捕猎物。④愁胡：神态忧愁的胡人。鹰眼碧绿而锐利，与胡人瞳色相近。⑤绦镟：绦，指系鹰的绳子；镟，指绳子另一端的金属圆环。光堪摘，指绦镟光泽鲜明可爱。⑥轩楹：堂前的廊柱。⑦平芜：荒野。

赏析

　　这首诗是杜甫早年作品，诗中透露出一往无前的豪壮之气，与李白一样，同是盛唐之音。诗人见人于轩楹之间作画，在素白绢布上画鹰。诗人从素练中看到的不仅是栩栩如生的苍鹰，更是他的壮心与抱负。

　　"素练风霜起，苍鹰画作殊"，首句下笔不凡，气势充沛——素练抖开铺展在案几上，仿佛风霜乍起，气氛肃杀。在"风霜起"的背景下，苍鹰跃然纸上，恍然欲振翅而出。接下来三联均是围绕"苍鹰画作殊"一句展开。

　　"㧐身思狡兔，侧目似愁胡"，此联写苍鹰之静态。鹰翅收敛，㧐然欲动，诗人以"思狡兔"揣度之，动中寓静，生猛之态呼之欲出。鹰目锐利无比，侧目之时，碧眼如愁思的胡人。这一句乃是借鉴晋朝孙楚之《鹰赋》："深目峨眉，状如愁胡。"恍若工笔，笔笔写形，处处传神。

　　"绦镟光堪擿，轩楹势可呼"，诗人进一步写鹰身处的环境。"绦镟"二字可见鹰乃豢养之猎鹰。以此为铺垫，引出下文"轩楹势可呼"之句。鹰足上系的丝绦圆环光泽锃亮，似乎可以采擿，处于轩楹之间，招手呼之，便可以唤出去打猎。写到颈联，鹰的姿态、鹰的神态、鹰的身份，各个方面，诗人都做好了铺垫，只等待最后一动。

　　"何当击凡鸟，毛血洒平芜"，果然，在诗人的想象中，苍鹰破纸而出，不动则已，一动惊人。一个"击"字气促声疾，其力道如有千钧之重，其速度如离弦之箭。诗人将镜头转换，没有继续放在苍鹰身上，而是给了溅出的血与飞散的羽毛一个特写。"洒"字有狂飙之感，更加渲染出鹰的速度之快，击鸟之准，力道之猛。

　　全诗至此而终，读罢有心惊胆战之感，诗人借画中之鹰写出了真鹰的疾猛之态。但诗人并未脱离"画鹰"的主题，时时刻刻不在提醒着我们这是绢上之鹰，比如"势可呼""何当"都是暗示着"画鹰"的题目。诗人通过这首诗，传达出的不仅有对画者的高度赞扬，更有托物言志之心——他希望自己有朝一日能如鹰一般，"击凡鸟"，立丰功。

菩萨蛮·大柏地

毛泽东

赤橙黄绿青蓝紫①，谁持彩练当空舞②？雨后复斜阳，关山阵阵苍。

当年鏖战急③，弹洞前村壁④。装点此关山，今朝更好看。

注释

①赤：红。②彩练：彩色的绢布。③鏖战：激烈的战斗。④弹洞：子弹打穿墙壁留下的孔。

赏析

1929年2月，毛泽东率领军队在大柏地与国民党追兵激战，大获全胜。四年之后，毛泽东路过大柏地，触景生情，遂写下这首激荡着无限革命乐观情绪的小词《菩萨蛮》。

"赤橙黄绿青蓝紫，谁持彩练当空舞"，雨后天霁，彩虹高挂。诗人内心饱含壮志与热情，脱口问出："赤橙黄绿青蓝紫七色高悬空中，是谁手把着彩练当空挥舞？"将虹光比作人手把的彩练，其中透露出的尽是豪壮之气——谁持彩练？必定是这个时代的风流人物，是这个时代"主沉浮"之人。"雨后复斜阳，关山阵阵苍"这一句景色描写虽然简单，但是气势豪迈，读来胸臆为之舒张。雨后斜阳复出，关山如洗，苍翠之色满眼。一个"复"字透露出诗人无尽乐观之情——风雨之后彩虹现，不也正预示着革命的前途，穿越风暴雷电、漫漫长夜，最终会走向胜利的黎明吗？这句诗中所写之物均是极高极远，或是斜阳横洒，或是关山苍茫，皆境界开阔，景色壮美。

"当年鏖战急，弹洞前村壁"，诗人回想当年与国民党追兵鏖战于大柏地，一个"急"字刻画出情况之危急，战事之激烈。子弹打穿前村的墙壁，留下密密麻麻的弹孔。若是寻常人看到这幅景象，再回想当时状况，未免心有余悸、惊魂甫定，但诗人就格外不同，他说道："装点此关山，今朝更好看。"这些战火弥漫的痕迹，正好装点这阵阵苍茫的关山，今朝看来，更加好看。可见非常之人必有非常之语。

　　诗人所展现的浪漫情怀，完全不同于古时的怀古伤今之情，他所代表的，是革命者心中追求新中国的无限乐观与昂扬。

游子吟

唐·李益

女羞夫婿薄①，客耻主人贱。

遭遇同众流②，低回愧相见③。

君非青铜镜，何事空照面④。

莫以衣上尘，不谓心如练。

人生当荣盛，待士勿言倦。

君看白日驰，何异弦上箭。

注释

①羞：羞愧，以……为羞。下"耻"同。②同众流：与众人一般。③回：同"徊"，徘徊。④空：只。

赏析

　　孟郊同有一首《游子吟》，所吟乃慈母之心，而李益的《游子吟》所吟乃自荐之意。韩愈曾在《马说》中哀叹不被赏识的人才的悲惨命运："祗辱于奴隶人之手，骈死于槽枥之间，不以千里称也。"而诗人也面临着这样的状况，他没有沉默，而是大声喊出自己的心愿，直言进谏选拔人才的人，希望他们能不以貌取人，而是以赏识尊重对待每一位有真才肆渲染瀑布之奇，而是先写香炉生紫烟，遂"遥望瀑布"，一步一步揭开庐山瀑布的奇美之色。最后两句若无前面的铺垫，仿佛也不觉有多么惊才绝艳了。而徐凝缺少的就是这样的一种迂回之美，他诗中四句都写庐山瀑布，平铺直叙，结构平淡，即便语言有惊人之处，但整首诗看下来，最终也只能归于平庸。

宿湖中

唐·白居易

水天向晚碧沉沉①，树影霞光重叠深。

浸月冷波千顷练，苞霜新橘万株金②。

幸无案牍何妨醉③，纵有笙歌不废吟④。

十只画船何处宿，洞庭山脚太湖心。

注释

①向晚：傍晚时分。②苞霜：包裹着霜。文中指打霜之后。③案牍：公文。④废吟：放弃吟诗之事。

赏析

作这首诗时，白居易任苏州刺史。"上有天堂，下有苏杭"，苏州乃江南温柔乡，秦楼楚馆，吴娃越女。诗人为风气所染，不免也会沉浸在笙歌燕舞之中。这首小诗便是诗人携妓出游所记之乐事。

"水天向晚碧沉沉，树影霞光重叠深。浸月冷波千顷练，苞霜新橘万株金"，首联到颔联都是写景之词，但首联写向晚之景，颔联写月出之景，从中所透露出的是时间的推移，是欢乐时光的疾速飞驰。向晚时分，水天一色，幽静沉碧，树影交替叠映着霞光，深浅斑驳。不知不觉再抬头望向窗外时，"浮光跃金，静影沉璧"，月华流素，跃动在千顷冷波上，映照得水面如同飘扬的白练。岸边橘树千万株，橘树上的橘子在霜降之后个个圆润饱满，色泽金黄，仿佛镀上了一层金粉。这两句中都写到了树，然而情态却是大不相同，前者是黄昏时分的树，影叠霞光是光影交替的朦胧之美。而后者是月光下的橘树，黑暗中擎起一只只橘子，仿佛挂着无数只散发着暖黄灯火的灯笼，饱和的色彩透露出的是热闹繁华之美。"万株金"的橘树，昭示着宴乐已经进展到欢腾的高潮了。

　　"幸无案牍何妨醉，纵有笙歌不废吟"，诗人并没有直接描写宴会的场景，而是表达了自己的心志：幸好没有公文案牍劳我形体，何妨一醉而归？即便处处笙歌，我仍要放声吟诗明志。刘禹锡在《陋室铭》中写道："无丝竹之乱耳，无案牍之劳形。"诗人却反其意而行，无案牍之劳形，但需吟诗与丝竹相伴相映，可见诗人沉醉在欢乐之中，春风得意之感已跃然纸上。

　　"十只画船何处宿，洞庭山脚太湖心"以"十只画船"写出宴乐场面之宏大，以"何处宿""太湖心"写出宴乐之尽兴忘归。诗人以"宿湖中"为题，却只在最后一联中点题，给人以恍然之感，原来这"宿湖中"非是苏东坡泛赤壁之上，也非杜甫驾船漂流于潇湘之中，而是欢宴未尽，暂宿湖上之意，颇有"夜未央"的狂欢意味。

"飞花令"中的酒令文化

解密"飞花令"

"飞花令"其实是中国古代一种喝酒时用来罚酒助兴的酒令，"飞花"一词出自唐代诗人韩翃《寒食》诗中的"春城无处不飞花"一句。该令诞生于西周，成熟于隋唐，属雅令。一般而言，行令时选用的诗句不仅必须含有相对应的关键字，而且对该关键字出现的位置同样有着严格的要求。行令时首选诗和词，也可用曲，但选择的句子一般不超过七个字。

例如：花开堪折直须折，花在第一字；落花人独立；花在第二字；感时花溅泪，花在第三字……以此类推。这些诗可背诵前人名句，也可即兴创作。当作不出诗，背不出诗或作错，背错时，则由酒令官命其喝酒，算是一个小小的惩罚。

行飞花令必须引经据典，反应机敏，这就要求行令者既要有丰富的知识储备和文采才华，又要足够敏捷和机智，因此它也是众多酒令中最能体现个人才情的项目之一。

当然，"飞花令"并不局限于"花"字，诸如"月""酒""江"等等经常在古诗文中出现的字都可以成为"飞花令"的关键字。

不同时期的酒令

春秋战国：投壶

春秋战国时期，由于受到尚武精神的影响，成年男子若不会射箭，会被视为一种耻辱，因此诸侯宴请宾客时的礼仪之一就是请客人射箭，而客人是不可以推脱的。后来，有的客人确实不会射箭，索性便用箭投酒壶来代替。久而久之，投壶便代替了射箭，成为宴饮时的